一瀬邦夫
81歳の男の子、

一瀬 邦夫

英智舎

はじめに

穴があったら入りたい……。

耳たぶを赤くしながら、本エッセイの校正を読み終えた、私の感想である。

本書はおもに、長年のサラリーマン生活ならぬ社長生活を送ってきた私が、80歳のある日、自分の作った会社（株式会社ペッパーフードサービス）を退いてから、その先の日常を綴ったものだ。

第一線から離れ、すぐに思い立って始めたチャレンジの一つが、エッセイを書くことだった。１００号まで書いて書籍化するぞと意気込んでいたが、「すでに一冊にまとめるのに十分な分量がありますよ」と出版社の方に言われて今回の刊行に至った。

今からちょうど10年前の２０１３年12月5日、銀座に『いきなり！ステーキ』を開店後、当時71歳だった私は人生の集大成ともいえる成功を予見して、日本全国の都道府県にくまなく出店。その勢いで東証二部、一部上場を達成。

さらにその勢いに乗じてニューヨークのイーストビレッジに『いきなり！ステーキ』を出店。その直後、日本外食産業初のナスダック上場を果たした。

実に華々しい人生の大輪が咲いたのだ。

しかし、人生山もあれば谷もある。「山高ければ谷深し」。この状況が一変するのに、多くの時間は要らなかった。ここで、我が人生の最大のピンチに全社一丸となって立ち向かい、この大ピンチを乗り越えた直後、退職を決意した。

退職から1年と少し、人生のモラトリアムを経た私は現在、81歳にして「初体験」の真っ只中にいる。新店舗、『和牛ステーキ和邦』のオープンである。

私は今、毎日店舗に行き、コックコートを着て調理作業をしている。店舗の中は毎日が「こんなはずではなかった」の連続だ。寝ていると、胸が締め付けられるように息苦しくなることもある。

では、私はなぜ、自らの選択で再び苦しい環境に身を置いたのか？

詳細は本文に譲るが、そこに生きる目的、使命を感じるからだ。

Prologue

はじめに

今、手に取ってこの「はじめに」を読んでくださっているあなたに、クスッと笑ってもらえたら嬉しい。

そしてまた、今の仕事を退職したら「第2の人生」をどう生きようかと思っている方、退職後の毎日をワクワク過ごしたい方のお役に立てたなら、望外の喜びだ。

一瀬邦夫

目次

一瀬邦夫　81歳の男の子！

01

都バスに初乗車

「よしっ、サウナへ行くぞ！」

錦糸町までタクシー？　歩き？　そうだ、久々にバスで行こう。

バス停で待つこと10分。電光掲示板に「錦糸町行きは、あと2分で到着です」との知らせが流れて感動した。

バスがやって来る。ノンステップで乗れるバスは初めてだ。車内には吊り革を支えに大勢の人が立っていたが、お年寄りの隣の席に誰も座ろうとしない。なぜだろう？　シルバーシートとも書いてないが、自問自答して、自分に座る資格があることを確認し、私は、半月前に満80歳になった「私」を座らせた！

「目的地まで15分」との表示に、親切なことだなと思う。

車内を見回す。至るところに降りる意思を伝えるボタンがあって、手を伸ばせば座ったままでも届くところに数カ所のボタンがある親切な配置だ。

01

都バスに初乗車

バスの乗客のみなさんのお顔を見て、退屈しのぎをする。右隣のおばあちゃまを除いて、みな通勤のためにバスを利用しているのだろうと思うに至った。「現役まっただなかのみなさん、お疲れ様」と言いたくなった。

私は、会社を退職後、間もなく1カ月が経とうとしている。

仕事がないということは、時間からの解放を意味する。しかし、この解放が、私にとっては快適ではない。時間に追っかけられながら長いサラリーマン生活ならぬ、長い社長生活を送ってきた私には、働く習慣が染みついていることをつくづく感じる。

でも、このバス乗車の体験で、実に心が豊かになるのはなぜだろう?

バスを下車、時刻は夕方6時半を回っていた。店々に点くネオンをとても新鮮に感じるのは、いつもと違う私だからだ。パチンコも長いことやってない。しかし、音を感じながら自分を諌めている。時間がもったいない。

だいぶ前、そう30年以上前に、タバコの煙が嫌だという理由でパチンコ屋に行かなくなった。パチンコから解放されて30年以上、今ではタバコも規制されて快適に打てるのだろうけれど、進化の甚だしい台についていけずに戸惑うことも多いだろうと考えて目をそらす。

すると、マッサージの看板がやたらと多いことに気がつく。そもそもサウナに行くのが目的でここに来たのに時間を持て余すと、いろいろなことに気を取られる。自分は、「たっぷりとした時間」の使い方が下手なことに気付いた。

そうだ、映画は何をやっているのだろう、と気になる。

足が、サウナと映画館のある楽天地の方向へ向いていく。サウナと映画、どちらの選択もできるが、どちらもやめて、近所に住む30年来の友人にスマホで連絡した。

すぐに来てくれた友人と酒を飲みながら、かれこれ3時間を過ごし、タクシーで帰宅。

やはり、人が良い！　一人より、仲間といるほうが好きだ。

02
本日の計画

朝、7時半に起きた。浪人になりたての新米だが、時間の観念は社長時代と同じ感覚を保つことが今後の自分にとって、とても大切なことだと思う。

昨日は久々のバスに乗車をメインテーマに、初エッセイをものにした。サウナに行く予定を急遽変更して30年来の友人を誘い、素晴らしい往復会話の時間を楽しんだ。

本日は、昨日行けなかったサウナに照準を合わせ、「強固な！」意思を固めて家を出た。家内に「サウナへ行きたいけど」と言うと、私の意思を察して楽天地まで車で送ってくれた。

実に久々のサウナだが、何も汗だらけになって水風呂に入るだけが目的ではない。顔見知りの社員さんの笑顔が見たいというのも動機と言えないこともないし、足ツボマッサージの名手がいるのも嬉しい。

しかし、今日はタイ式マッサージをチョイスした。足ツボは60分で６７００

円だが、タイ式は5700円なのだから1000円も得だと思った。

でも足ツボのお姉さんに「タイ式より価格設定で負けていますよ」などと、そんなことは口が裂けても言えない。

しかし、タイ式の予約を足ツボのお姉さんに知られて、バツの悪い思いをした。私はかつてそれほど多く通う足ツボの常連だったからだ。

タイ式マッサージが終わって時計に目をやると、10分も余計にやってくれていた。それで、もうすっかり今晩のマッサージ師さんが気に入ってしまった。


マッサージ後のお楽しみは、食堂で一人、夜景を見ながら過ごす、リッチなひとときだ。

まずはグラスビール、キムチ、ソーセージの盛り合わせを注文した。

ここのソーセージは、なかなか贅沢だ。3種類のソーセージが2本ずつ。別皿にたっぷりのポメリーマスタード、これまたたっぷりのケチャップ。とてもサウナ食堂のレベルではない。

2杯目のグラスビールもすぐに空になり、ここで他人に言えない自分との葛藤が始まった。意思に負けたというより、もう一人の自分の勝ちで、ハイボールのウイスキーダブルを注文してしまった。すでに2杯のビールで十分に気持ちが良くなっているのに、ダメ押しのダブルのハイボールを、スマホを見ながらチビチビやる。

こうして「本日の計画」を完遂した私。

さて、明日の素浪人の行動は？　「計画ナシ」が計画とは、贅沢な新米浪人だ。

03

自分流でこれまた行こう

エッセイってどうやって書いたらいいの？

はいっ、ググってみよ！

そうか、なるほど。分かった気分にはなったが、腹落ちしないなぁ！「いや、自分流でこれまた行こう」と決めた。

私にとってエッセイとは、心の叫びであり、本心の吐露。それが読む人に

「なるほど感」を与え、親しみを感じてもらえ自分も納得するもの。

「自分以外にもいるんだ」と思うようなドジを踏んだり包み隠さず書いた自然な仕草やクセ、行動全般について、「ニヤリ!」としていただければ嬉しい。

読み手の顔を見るよしもないが、共感を呼ぶであろう同志の存在を想像しながら楽しく書くことが、エッセイのエッセンスではないかと少し自分勝手な自説を述べる!

「自分流でこれまた行こう」の意味するところは、51歳で創業した『ペッパーランチ』、71歳で創業した『いきなり!ステーキ』の両業態を自分流で発案したことに遡る。

ペッパーランチを考案して、当時指導を受けていたコンサルタントに相談するも、否定されたこともあったっけ……。

でも、事業が成功して急成長し、マスコミの寵児として引っ張り凧となり、数えきれないほどの講演を行った。この思いつきを強引に進める信念を、大勢の人に聞いていただいたことが懐かしい。

確かに信念に目覚めて行動に移す気力、旺盛な行動力が、その後の事業の急

03

自分流でこれまた行こう

速な展開には必要だったのだろう。

私は本当に面白い人生の軌跡を描きながら、今に至っている。

すべての考えと行動の結果が、今の自分を構成していることは、間違いようのない事実だ。

だから断言できることは、過去を楽しみたければ、今を楽しむことを大切にすることだ。

今でこそ、どうなりたいかを考える生き方が大切だと言えるが、我が人生において、今の自分に満足しているか、私は人生の成功を勝ち取ったのか、はたまた私は不幸なのか、と考えるきっかけを与えられていることが現実にある。

でも、今の私の立ち位置は、望んだものではない。

人生に間違いは付き物であるが、うまくいったことも時たまある。

ふと思う。私は特技の「自問自答」の連続でここまで来たが、人生の現時点を問うてみる。どう見ても、こんなに恵まれている人はいないくらい、私は幸福だ。

「邦夫、欲を言えばキリがない。困っている人のことも考えるのよ」

幼き頃、貧しかった母と私。二人の生活の中で、母が私に語り聞かせるとともに母自身、自分に語りかけてきた言葉だ。

その言葉が蘇る。

「そうだ!」今、幸せな自分でいるからこそ、その頃が懐かしいと思うのだ。

感謝の念の尊さ。母から学んだ偉大な戒めだ。

04

独創だった「いきなり!ステーキ」

今日で浪人生活もちょうど1カ月となった。なぜか毎日しっくりしない日が続き、満足感がない。

そりゃあそーだよな!

18歳で飲食の仕事に就いてから80歳を迎えるまで仕事を続け、仕事を前提とした規則の中で生活をして来たので、突然こんなにたっぷりな時間を与えられても、何から取り組んでよいか、日に日に見えなくなっていることに気が付い

04
独創だった「いきなり！ステーキ」

ている。

浪人になった翌日から1週間ほどは前向きな気持ちがあったが、今はその頃とは明らかな違いを感じている。

私は、自分で目標を作り、そこに向かって進む人生を歩んできた。しかし、その目標が見えなくなっている今、このエッセイを書くことで、ほんの一部の時間を消費できていることに喜びを見出している。

「いきなり！ステーキ」がどれほどの経済効果をもたらしたことか……。今になって振り返ってみると、我ながら凄まじいことだったと思う。

誰の真似事でもない、独創的すぎる新業態は、お客様の要望を聞き取って作った訳ではない。私の思い、仮説を大胆に組み立て、自問自答した結果、次々と飛び出してきた発想から生まれたものだ。発想が飛び出す端から掬い取ってスマホに入力する。それを一気に見直して、事業計画とした。

事業計画に自分がときめき、「行きたい店はコレだった！」と、発想が確信に変わる感動の瞬間を迎える。

この感動を、共に働く仲間に伝えてみる。親しい友人にも話してみる。取り引き先にも伝えてみる。人に伝えるたびに構想が微調整されていくことを意識した。この微調整こそが現実との乖離を埋めていくために重要なのだと、私がその真実に気が付くのは、ずっと後になってからのことだった。

私からこの新業態構想を聞いた相手から、私と同じ温度感でときめきの反応が返ってくることはないが、反対者もいなかった。もちろん面と向かって反対など言わないのが人情でもあると思えるし、みなさん、私の強引な仮説に圧倒されていた。

ステーキ店の経営者として日本で1番を目指した覚えはない。

売上目標もまったく意識しなかったが、100億円の壁も300億円も500億円も、その壁の存在さえも感じないまま、極めて短期間で突破し、急成長を遂げた。

他の追随を許さない急速拡大は、語り草になろうとしている。日本の食文化を変えたこと、つまり、食のステータスとしての「憧れ」の食べ物であるステーキが日常的に食べられるようになったことが浸透するまで、創業からそれほど長くはかからなかった。

しかし、今の「いきなり！ステーキ」には創業時の勢いがないことが寂しい。今は、創業時のようにメニューもシンプルで、値段も安く、オーダーを受けてから肉をカットするオーダーカット全盛ではない。

浪人中の身の私が外から見ると、いろいろ見えてくるものが違ってくる。

浪人になった直後、奇跡の大復活構想を持って現状打破する店づくり構想に賭けたが、その時の熱意が日増しに落ち着いていく自分に気付いている。

目的のない人生はつまらない。その目的探しのためにかなりの時間を費やしていることにしっくりこないのはなぜだろう。

05
カタカナ集を再び

レトリック・キャプション・カオス・リボルビング・シクリカル・スタグフレーション・リテラシー・シンパシー・スピリチュアル・リスキリング・ア

ナーキー・デフォルメ・サイコパス・コンピテンシー・ネーチャー・プレタポルテ・テーゼ・ベンダー・トリビア・チャプター・カメリア・フィジカル・アルゴリズム・トレサビリティー・デベロップメント・エミッション・エスタブリッシュメント・デカップリング・リソース・ヒエラルキー・アンチテーゼ・コンテンポラリー・ネオ・オルタナティブ・ファシリテーション・リベラリズム……。

私のデスクには、横文字とその日本語の意味を記したメモ用紙の束が整然と置かれている。

このカタカナ集は、私のコレクションのようなものになってきた。趣味で集めたわけではない。多分これをやり始めて10年間くらいは経っていると思う。始めた動機は、脳退化の防止！　がメインだが、新聞や雑誌等の読み物をかなり読む私としては、意味不明な文言を平気でパスして読み進める気にはならないのだ。

この基本的な考え方の根源には、70年以上も前の小学校4年生の頃の記憶が

05

カタカナ集を再び

あることに気が付いている。当時、病弱な子どもだった私は、長期欠席の後の授業についていけなかったことから、「知ること」への貪欲な姿勢が、後天的な本能のように習慣として身に付いたのだろう。それが、成人して世の中に出てからの基本行動の一部となったのだと思う。

小学校に上がる前にも母親を困らせていた記憶が蘇る。「なぜ?」「どうして?」「それから?」「どうなるの?」

この疑問に手こずる母を思い出す。

新浪人生活も早くも1カ月を過ぎた。時間はたっぷりある。余裕の時間を持つ私は目の前の単語帳的なメモ用紙を見ているうちに、またこれを書きたくなった。小学生の時の経験から、分からないことをそのままにしておくと、その後のことがチンプンカンプンになることを知っている。だから「知る」ための電子辞書は必携だが、世の中の進歩は急激で、電子辞書でもついていけていない部分は、Google の世話になった。

このエッセイを「ものにする」にあたって、よくよく調べるとカタカナの単語のメモが全部で400語以上もあったのは驚きだ。この全部を覚えていないところが、負け惜しみだが素晴らしい（苦笑）と思う。すでに調べた言葉でも、また同じものが出てくるのだが、それは良しとする。おかげで文章の読解力が高まり、時代についていける読解力を得ているのだから、調べる価値はそこで果たされていると思うのだ。

感性を磨け！
感性とは、自身の
五感で感じる
ことができる個性

06

朝顔

「朝顔に　つるべ取られて　もらい水」

私は俳句を嗜む程度だが、その心を解する者の一人だ。

この句は、まずは作者の優しい心根が伝わる句だと思う。これは加賀千代女の句だが、千代女の句はこれしか知らない。

今年の我が家のミニ庭園の朝顔はかわいそうだ。ツルを伸ばして咲く様こそが美しいのだが、一塊になって咲いている。加賀千代女の句とは程遠い。「来年こそは種を植えてから新芽が伸びる手助けをして、朝顔の生垣を作るぞ」と決意する私は、仕事を持たない浪人中の身だ。先の楽しい予定を思い描くことこそ重要と思っている。

さて、花が好きな私であるが、朝顔にまつわる思い出がある。

小学校低学年の頃、向かいのお家のおばあちゃまが朝顔の種をくださり、そ

06

朝顔

の種は皇室献上の種子であると教えてくださった。おばあちゃまの旦那様は、東京駅の元駅長さんで、近所でも評判のお家だった。

朝顔の芽が出て、お隣さんとの境界の竹製の垣根にツルがぐんぐん日毎に伸び盛り、やがて蕾が大きく膨らんだかと思ったら、翌朝、大輪の花が咲き、お母ちゃんを呼びに行ったらビックリしていた。翌日からどんどんと数を増していく大輪を見に、おばあちゃまもやって来た。そして、「うちのより断然大きい」と驚かれていた。

その上、純白、真紅、紫と混じり気のない鮮やかさは、凄いことなのだという。30センチ近い大輪も珍しいという。後で、家の低湿地の土壌との相性が良かったのだと知った。

種子を大事に取って、自慢しながら大勢の人にあげた。当時スマホがあったら、たくさん写真を撮って、みなさんに写メを送っただろう。しかし、朝顔の大輪のイメージは私の脳裏に鮮明に保存されている。

ちなみに、翌年も朝顔の大輪を期待したが、最初の朝顔よりも少し小さめで、色調も混血種になっていた。でも、自然交配の朝顔は、とても綺麗だった。毎年、種子を取っておいて、翌年に咲かせることを繰り返していたら、いつしか普通の朝顔になっていった。

高校3年の秋にその家から引っ越して、朝顔のことは、今日まで思い起こすことはなかった。

さて現在、私のスマホには、花の写真がたくさん保存されている。感性とは、「違いに気がつく感覚」と考える。これって私の持論である。綺麗な花に気が付き綺麗と思うのも感性だし、通常の散歩道に咲く花の変化に気付くのも感性。感性が働くと、スマホを取り出す。この感覚をずっと持ち続けていたいと思う浪人中の私である。

07

母の教え

私の母、八重は、大正3年生まれだが、数年前に98歳で天寿を迎え旅立った。私は、八重の子として生を受け、今年（2022年）80歳を迎えた。母の数

07

母の教え

奇な人生を、生前の母の話から取り上げてみる。

世界的に猛威をふるったコロナもやっと終息が見えてきたと語るのは、世界保健機関（ＷＨＯ）のテドロス事務局長だが、ゴールが見えたから走るのをやめると言うランナーはいない。まだまだ気を抜かないようにと警鐘を鳴らしていることを昨日の夕刊で読んだ。

母の父、友蔵は１００年前のスペイン風邪で亡くなった。八重は父と寝ていて、朝を迎えると冷たくなっていたという。友蔵は、それ以前に罹患した家族の看病を続けて、最後に自分が逝ってしまった。母の運命は、この友蔵の死から数奇な運命を辿ることになる。私がこの世に生を受けた原点が、ここにあるのだと思える。


１９２０年に終息したこのパンデミックのことを、母から流行性感冒と聞いていた。友蔵の死により、幼子を３人抱え生活に困窮した八重の母、すえは、八重の身売りを決める。そのため八重は、小学校２年までしか学校に行くことが許されなかった。その２年も、午前中の授業を終えると帰らなければならなかった。

母の誇りは、習字の時間に先生に褒められたことだ。先生は、母が手本通りに書いた半紙を手に取り、全員の前で高く掲げて見せ、母の境遇をみなに言ってから、「みなさんは見てみなさい」と八重の書き立ての文字を大いに誉めてくれた。

後年、母は私に、「お習字は手本と睨めっこしてその通りに書けば上手く書けるのよ」と教えてくれた。私が中学1年生の時、習字の時間に同じことが再現された時は咄嗟に母のこの話を思い出した。私が「書」の文字を手本通りに書き終えたところ、後ろから伸びた先生の手が半紙を取り上げていた。教壇の前に行かれた先生は、高々と掲げて、私の「書」を大いに誉めてくださった。帰宅後、母に真っ先に報告すると、とても喜んで、また睨めっこの重要さを話してくれた。

幼き頃の母、八重は普通の子でなかったようだ。三味線のお稽古事の覚えが早いことを褒められ、覚えの早い八重に教えを乞う先輩のお姉さんたちに喜ばれたのだ。私は、教育を受けずに育った母から、人生を生きる上で必須なことをたくさん教えてもらった。

母が私の父との会話から得た知識が母の人生を変えた。そして、母が私に授けてくれたものが、私の生きていく上での虎の巻となっている。

私は、人生を導いてくれた母に尊敬と敬慕の念を持ちながら、その教えが私の浪人人生をどのように導びいてくれるのか、今一度母の私に対する熱愛の思いに浸りたい。

08
毎日が日曜日？

今日は、雨の日曜日だ。猛烈な勢力の台風が間もなく九州に上陸する。その影響もあってか、非常に強い横殴りの雨が窓ガラスを綺麗にしてくれる。

昨日も一昨日もゴルフの練習場で汗を流して、両日共に夜の会食が入っていた。50日もの間、お酒を完璧に絶っていたが、この10日間ですっかり酒量が元通りになっている。大幅ダイエットも達成したことから、気の緩みもあったのかもしれない。酔うのを目的に飲んでいるわけではないが、ノンアルコールドリンクでは味気なくつまらない。ただ、長年の飲み方を知っている私は、自分の適量は分かっている。

実に長い仕事人生の使命感から解放されて、早くも1カ月と少しが経つ。それまで、妻の広子も私も、土曜日と日曜日が待ち遠しい生活を何十年も続けてきた。その理由といえば、土・日は仕事に行かないから朝寝坊ができること。家内にしてみると、私の食事が午後の2時頃でよいので、朝の家事から解放される。

このひと月の間、私達2人の会話から土・日の楽しみについての話題がなくなっている。「毎日が日曜日」とは、退職されたみなさんが異口同音におっしゃる言い方であるようだが、私はこの言葉が好きでない。毎日定時の出勤がなくなって楽しいかと言えば、そんなことはない。むしろ、とても寂しい気持ちがある。それは、誰かに期待されていることがなくなったからとも言える。ただし、家内は別としてである。

狭い我が家、家内と同じ部屋で寝起きして、家にいる時は常に数メートルの距離にいるので、大声を必要としない。このひと月あまり、いつも顔を突き合わせていて飽きが来ないのも面白い。家内は、いつも家にいる私にとても親切だ。鬱陶しいとの思いもないようだ。

久々に、2人でアメリカ映画をBS放送で見た。コマーシャルの多さと長さに呆れるほどであったが、それがまったく苦にならなかった。ビールを取りに行く。トイレにも行ける。メールの返信もできる。自分に余裕があるので、コマーシャルで売らんとする商品に興味を持てるようになっている。仕事を持っている時は、楽しめる時間が限られているので、まずじっくり映画鑑賞をする気も起きなかった。

生活サイクルが変わり、風呂に入る時間もまったく変わっている。それまで休みの土・日は、髭剃りをしないことにしていたが、今は敢えて自分を律するために、土・日でも髭剃りを欠かさなくなっている。お酒についても気を許してはいけないと思う。昼間から飲むことはないように意識をしている。

やがて、「仕官の道！」が開かれた時に、だらしない自分ではいたくない。

09

高級メガネ

ずぶ濡れが気持ち良い。

九州地方から台風が上陸した。九州、近畿地方の「いきなり！ステーキ」は、台風の影響により営業時間を短縮したり、休業したりした、との情報を次々にラインを通じて知らせてくる。

ところが、東京の朝の気温は31度だ。真夏を思わせる太陽に照らされたバルコニーで、1メートルにも成長したアボカドの葉がご機嫌にそよいでいる。一瞬、台風一過のような晴天に、俄然やる気になった私は、素早く支度をして飛び出していた。暦の上では秋。太陽光を求めて80歳の私、大好きな夏が遠くに行ってしまう寂しさを感じながら、太陽の輝きを思う存分楽しもうと思った。

外は風が強い。追い風にピッチをやや上げながら、ジョギングは快調だ。隅田川のテラスを走る。在職中と違い、いつでも走れる環境があることが、精神

09

高級メガネ

的余裕を与えてくれている。ただ、今は仕事がないからこそ、生活のリズムをルーティン化し、朝のジョギングを課している。ダラダラした生活はしたくない。退屈なジョギングの友は、スマホからブルートゥースのイヤホンを通して流れてくるウクライナ情勢だ。

やがて、ターンの場所で折り返す。今度は迎え風を受けての走りになるが、これはしんどいので、桜橋近くのベンチで一休み。しばし裸体を晒して日光浴を楽しむ。メガネを外し、間違って踏んでしまわないようにベンチの真下にそっと置いた。

真夏のような陽射しを堪能していると、隅田川の下流のずっと遠くで、太陽の輝きとは対照的な黒雲がうねっているのが見てとれた。「どっこいしょ」と掛け声を上げ、帰路を急ぐ。

自宅近くのテラスまで走り、階段を登り、人も行き交う場所まで来て、上半身裸はここまでとシャツを着た。その瞬間になって、メガネをしていないことに気が付いた。このメガネ、ドイツ製であり、マザーズ上場直後に購入したプラチナ製の高級品である。

私はポジティブ発想で、メガネのある場所まで約2キロ弱の距離を戻ることにした。スマホの万歩計の数値が稼げることをモチベーションにした。

途中ですれ違う人が私のメガネを持ってるのではと、あらぬ疑いの目で見ながら走った。いよいよ雲行きが怪しくなってきて、さっきまでの太陽はかき消され、霧状の雨が降ってきた。

ベンチに戻ってみると、メガネは地面と草の間に置かれていたが、その時には衝撃的な大粒の雨が一気呵成に襲ってきた。

それまで隅田公園のイベント会場から聞こえていた太鼓の音も途端に鳴り止み、雨音だけが激しく鳴り響いた。帽子を被っていない私の頭は木のない山と同じで、直撃した雨水はそのまま顔に流れ、顎を伝わり、シャツの首に、体に流れ込む。まさに、「バケツをひっくり返したような」という表現が適切な豪雨である。

メガネを忘れたお陰で、貴重な体験ができた。同時に、スマホの万歩計は、今月のベスト記録に輝くことができた。

10

まだまだ若い！

ベッド脇のカーテンを、引きちぎれんばかりに開けた。朝日が眩しい。目を細めて空を見上げる。天気が気になる理由は、本日、金時山へ初登頂するからだ。退職後、初めて早起きをした。家内はもっと早く起きて私のために朝食を作ってくれているのがとても嬉しい。

7時半、友人の愛車テスラでお迎えをいただき、総勢4名と犬1匹で出発した。

EV車の最先端をいくテスラに初乗車となった。なんと！　この車、一般的な車の常識を覆す驚きがあった。あるはずの各種計器類がないのである。通常のiPadの2倍ほどのサイズの横型のモニターがあるだけ。このモニターに運転に必要なすべてが凝縮されている。従来の車に慣れている私には奇妙に感じられたが、車の体験談を書くのがこのエッセイの主たる目的ではないので、このくらいにしておこう。

途中、渋滞もあって、金時山麓の駐車場には12時を回って到着した。

この登山は、会社在籍時の取引先でもある方が計画してくださったものだ。目的は、私の80歳を記念して、金時山山頂でのお祝いである。

この友人は、80歳の高齢で、無事に登頂できるか、もしかしたらという不安もあったようだ。当の私は、80歳になったが、普段から生活のルーティンに運動を取り入れていたので、自信満々であった。この日を意識して、自宅のあるマンションの9階まで歩いて上るトレーニングを何度かしていた。

しかし、登り始めてすぐに心臓の鼓動が激しくなり、尋常ではない苦しさが襲ってきた。登り始めて10分も経たないのに「あとどのくらい？」が口をついて出てくるが、これは冗談で笑ってもらえたのが嬉しい。

やがて、ご夫婦と思しきカップルが下山してくる。私が立ち止まって、山のルールに従って「こんにちは！」と声をかける。「何度目ですか？」と尋ねると、「30回以上ですの！」と奥様らしき方。

登山は、登り優先のルールがあるのは知っていたが、「お先にどうぞ！」と

10

まだまだ若い！

登りを促されても、逆に「お先にどうぞ」と下山をお勧めしている私！　つい軽口がついて出た。

ご主人の年齢を尋ねてみると、「89歳です」との答えに、私たち全員が驚いてしまった。ご主人は背筋もピンとしていて、会釈する笑顔が若々しいのである。山歩きが趣味なのだという。私よりはるかに高齢の男性を、畏敬の念を持って見つめてしまう。

そこで、我々の登山の意義を知ってもらいたくなった。

「今日は私の誕生日を記念した初登山なんです！」

すると、「何歳になりましたの？」と聞かれた私が答えるのを戸惑っていると、友人の男性が「言いたいんでしょ！」と背中を押されて答えた。

すると、間髪を入れずに、「まだまだ若い！」と一蹴されてしまった。登山する人は、歳を取っても若くしていられることに気が付いた瞬間だった。いつも歳に見えないとの言葉をいただいている私ではあるが、この究極の一言には苦笑いするしかなかった。仲間のみんなは、本気で笑って元気づけてくれた。

11「あと何分ぐらいですか?」

80歳記念登山の続きを描きたい衝動に、しばしお付き合いを。

目的地へ行く間に、ジャジャ丸君は外の空気をいっぱいに吸ってご機嫌だ。面白い名前の主は、1歳と半年になるワンちゃんだ。このワンちゃん、すでに金時山へも登頂経験がある。

まだ緑豊かな初秋の山々が美しく、吹き込む風も心地良い。後部座席の私も、山道のカーブに身を委ねながら、とても気分良し。助手席の窓が閉じられ、暫くすると落ち着かないワンちゃんの気配がこのことの合図とは、私も、抱っこしている飼い主も気が付かなかった。

数分後、異様な匂いが車内に充満する。

「やっちゃった!」ナント堪えきれずにうんちのお漏らしをしてしまったのだ。と同時に、「ごめんね、ごめんね! 気が付かなくてごめんね!」と飼い主。

私はこの言葉に感動を覚えた。決して叱られないワンちゃんは、バツの悪そうな顔で声の主を見ていた。私だったら、その後に続くお漏らしの後始末も含めて、しかっていたと思う。極限まで我慢して、とうとうやってしまったワンちゃんの気持ちになれるのは、すごいと思った。

さて、前号で80歳の私に気付きを与えてくれ、その後山頂を目指す、その途中経過も記してみたい。

ストックの恩恵を感じながら、一歩一歩踏みしめながら、躓きながら、右に左によろけるのを昨日買ったストックが支えてくれる。なだらかな平坦な道の次は、「ここを登るの⁉」と言いたくなるほどの大小の岩だらけの「道」を登るのだ。

「後どのくらい」は、仲間に聞かず、すれ違う下山してくる人に「後何分くらいですか？」と聞くことにする。先程の休憩場所の道標には、「山頂へ20分」となっていたが、とんでもない間違いだと自分流に解釈している。20分登って、下山者に「後どのくらい？」と尋ねる。すると、「あと15分くらいです」と親切に応えてくれる。

仲間に聞くと「もう直ぐ山頂」。少しの時間がとても長く感じられる。「あとどのくらい？」「もうすぐです」の繰り返しを幾度もして、山頂へ確実に近づく。

「もう信じない」という気持ちにさせられた。

振り向けば、ここまでのご褒美だろう箱根の山々、遠くに大涌谷の景観が望める。芦ノ湖も地図の原型をとどめて見てとれる。ワンちゃんが強いことには驚きだ。軽いフットワークで、まったくへばっていない。

「金時山山頂」と書かれた道標に両手をからめて、本当に自分で登ったのだと達成感を満喫する。良く冷えたノンアルコールビール、山菜うどん、しめじ汁で腹ごしらえをする。

霊峰富士の姿がここから見えないのが残念だけど、聞きしに勝るこの達成感。1221メートルのてっぺんに立つことができ、また一つの思い出財産が作られた。

12
日本最高齢の直木賞作家

このエッセイは、一人称で書いている。

私は、現役の社長在任中は社内報の発行を３０４号まで継続してきた。そこに掲載中の私の「私小説」も１００話を超えている。これらの文章は、すべて一人称で書いていることに最近気が付いた。それというのも、本格的に小説を書こうとしたことがきっかけだ。

もう20年も前の、証券会社の幹部社員の一言を思い出す。

「社長、現役の社長の役割は多岐にわたっていますから、小説を書きたければ社長を退任した後にしてください！」

その時が今なのだ。退職を機に、長い間の願望を行動に移す時が来たのだ。

65歳で日本最高齢のマザーズ上場を果たし、77歳で東証一部上場。これも日本最高齢なのだそうだ。続く78歳でニューヨーク・ナスダック上場。これは、日本外食企業では初のことで、こちらも日本最高齢なのだそうだ。であれば、日本最高齢の直木賞作家になっても不思議はないと思うように自己暗示をかけている。

私は読書が好きだ。小説も自己啓発書も雑誌もよく読んでいる。しかし、本格的に小説を書こうとすると、むずかしい課題にぶつかっている。

最近になって、フィクションとノンフィクションの違いを明確に理解できるようになってきた。小説は、事実をそのままに書いていたら一人称で書き続けなければならないのでは？　と思うようになった。もし、文中に第三者が登場して、その者の言葉で書く場合は、フィクションにならざるをえないと思うようになった。厄介なことになってきた。

Googleで三人称での文章の書き方を検索し、いろいろ読んでみると、大いにヒントになった。それからは、過去に読んだ名著を引っ張り出して読み直している。

なるほど、このように書けば良いのだと、再び自作物語の続きを書き始めた。そして、読み返してみる。自分が書いた文章とは思えないほどの克明な描写に、

継続力さらに
徹底力が
人生を決める

先に読み進めたい好奇心が湧いてくる。

「あいつにできて、俺にできないはずはない！」と、若き日、ライバルの多い職場で、孤軍奮闘していたことを思い出す。

「あの漫才師にできて、俺にできないはずはない！」

こう発した先生の著書は、早々に読んでいる。その頃からライバル視している滑稽さが、もう一人の私の身上だ。

13 免許証を取る

ここで、私がどんなきっかけで車を買うことができたか、話が少し長くなるが、懐かしさも相まって、当時を思い出してみることにする。

昭和30年代、その頃はまだ隅田川の土手の上には高速道路もなく、今のような護岸壁もなかった。土手へ上がる石段を登り切ると、対岸には待乳山聖天も見ることができ、遮蔽物のない川面をポン、ポン、ポンと軽快な音を発する小型のポンポン船。これらが醸し出す風情は、誠に優雅なものであった。

13

免許証を取る

桜の咲く頃ともなれば、江戸三代名所に相応しく、老木たちも一心不乱に咲き誇る様が、幼心に焼き付いている。

それが、高度成長の波に飲まれるが如く老木も倒され、高速道路の橋桁が出現し、巨大なクレーン車が土手上で唸りを上げ、土手下のアパートに住む私の部屋までその振動が伝わってきた。

クレーン車によって釣り上げられた道路になる部分を見つめながら、やがてここにも高速道路ができることを日々実感するようになっていった。

私は、完成してもその道路を使うことができない自分に気が付いた。そこで25歳の時に一大決心をし、免許証を取得して、車を手に入れようと考えた。

免許証は、当時勤務している山王ホテル近くにある、TBSテレビ前の国際運転免許試験場で取得することができた。

裕福でなかった私が、安くない費用の捻出をどのようにしたのか？　免許交付までのいろいろな楽しいアクシデントは数知れず。「教習所で共に学びお付き合いをした、あの娘は今頃何しているのだろうか」と思いを馳せるが、一つ違いであれば、今ごろは、爺と婆である現実が面白い！

さて、免許証を取った次は、車を買う。

母に真っ先に知らせると、とても喜んでくれた。戦後の混乱期、極貧の生活を乗り切って育てた息子が免許証を取るまでになったか、と喜んでくれたのだと思う。母のすごいところは、「免許を取ったからには、車を運転しなければ運転を忘れてしまうから、すぐに車を買いなさい」と言って、信用組合から15万円を借りてきてくれたことだ。私は嬉しさのあまり、母の首っ玉に抱きついて嬉しさを伝えた。

女手一つで育てた息子の私が車に乗れるようになったことに感激してくれたのだろうと思うようになったのは、もちろん、今の私の推察にほかならない。母は息子の隣に座ってドライブし、ワンランク上の喜びを共有したかったのだろう。

その5年前には、私が仕事から帰ると、成人を祝ってセイコーの金色の時計をプレゼントしてくれたことを思い出す。その時は、同じ年に生まれた男女の出生数をメモして私に話してくれた。私は喜びに包まれたが、母の喜びは私の

自分の考え方
行動によって
道は開ける

喜び以上であろうと思い、言葉では表せないほど感動的な一日であった。

今、このエッセイを書きながら、母の大きな愛が蘇る。感謝してもしきれないほどの感情の高まりが、私を初心に帰らせてくれる。

14
ウィンストンの女性

若い頃に憧れを抱いた、一人の女性がいる。山王ホテルで働いている時、ホールのウエイトレスをしていた女性で、彼女は私の親切な心が通じたようで、当時街では売っていない高級タバコのウィンストンをくれた。

ウィンストンをくれた女性の名前は由里子。私より1歳年上で、静岡県出身であることを知った。もちろん、私は本人に直接聞ける勇気はないので、職場でお世話になった先輩である吉野さんにお願いして聞いてもらったのだ。

彼女は吉野さんの部下であり、吉野さん推奨の女性でもあった。中肉中背で、どこか寂しげで影がある。私は影を持つ女性が好きではないが、彼女の優しい心遣いは、私の心を複雑にしていた。

14

ウィンストンの女性

艶のある髪はショートカットで頬の下で内側に少しカールしており、手入れの良さが几帳面な性格を醸し出していた。

当時の私は、兎に角、彼女に嫌われないことばかり考えていた。しかし、意識すればするほど彼女との距離が遠くなる。仕事中も広いホールの中で、自然と彼女の姿を目が追いかけている。そんな自分に苛立ちを覚えるようになる。

23歳になったばかりの私は、ほかのウエイトレスと同じように由里子に気軽に話はできない。いつの間にか由里子は私のシフトとは反対番になっていて、仕事中もめっきり見かけなくなった。

私はそれが、シフトの権限を持っている吉野さんの意地悪であると誤解して、吉野さんに抗議した。ところが吉野さんは、私のために粋な計らいをしてくれたことが後で分かることになる。

ちょうどその頃、任期満了まで1年を切ろうとしていたGMのスキャンクさんの肝いりで、従業員同士の親睦の夕べが開かれることになった。もちろん我々は、スキャンクさんの意図するところは知っていた。大部分が日本人であるホテルのスタッフが快適に働ける環境を作るために、さまざまな行動を積極的に起こして、任期延長を図ろうというのである。

これまでにも例えば、数班に分かれてのバス旅行が開催されたり、私たちコック従業員を開け番に集めての英語による料理教室が開かれたりもした。私はこの料理教室の「ｃｏｏｋセミナー」が大好きだった。明け番で午後3時から授業は開始されるので、猛烈な睡魔との戦いでもあった。ちなみに私は勉学の結果、「ｃｏｏｋセミナー」Ｎｏ．1になることができた。学生時代に勉強嫌いだった私が、Ｎｏ．1になるために猛勉強をしたのだ。

スキャンクGMの数々の「パフォーマンス」が功を奏してか、あと1年の彼の任期は延長されることになった。この決定を聞いたのは、高田総料理長からであった。

さて、従業員同士の親睦の夕べは、実に楽しい内容で、いつもサーブしている側がされる側になって、お客様と同じ体験ができるものであった。舞台では専属バンドがリズミカルに演奏し、仲間である私たちにエールを送ってくる。

席順にも趣向が凝らされ、ホールのウエイトレス・ウエイターと厨房のコッ

14

ウィンストンの女性

クがコミュニケーションを図れるような席割りになっていた。丁度私の席の左側からがホールの方々の席になっていて、そのために色分けされたランチョンマットがテーブルに敷かれている。

会場のざわめきが、一瞬静けさに変わる。壇上にはスキャンクGMが黒のタキシードで登場し、その微笑みにスポットライトが集まる。みんなの顔を見つめる間合、少し長い沈黙が続く。吉野さんの粋な計らいの意味が分かる瞬間が訪れたのは、その時だ。

GMに注視している私の後ろに人の気配がする。遅れてきたホール従業員さんたちが着席するのを待って、GMの挨拶が始まった。しかし、私の左の席が空いている。

薄暗く照明の落とされた客席でGMの英語のスピーチの声だけが弾んでいた。意味はよく分からないが、ご機嫌であることは理解できた。

次の瞬間である。

「この席空いていますか？」

声の主に目を向けて私は、驚きとともにぎこちない笑顔で応えた……。

15

人を欺かない

会社を退職してから明日で2カ月が経過する。毎日の生活リズムを作ることに懸命の毎日だったが、だいぶ慣れてきたと感じる。

今は仕事がないが、会社で勤務中の時より今のほうがやるべきことが多いことに気が付く。

ほぼ毎日のようにどこかへ出かけている。現役の頃よりお誘いが多いのだ。現役時代は、今ほどのお誘いはなかった。これは自分流の解釈だが、東証一部上場企業の社長に対して、気軽に声をかける人はそんなに多くはなかったのだろう。

今、お付き合いのある方々は、私の辞任を知っているようだ。それも「テレビで見たよ」と言われる方が多いのには驚いた。一企業の社長の辞任を、テレビのニュースで取り上げるなど聞いたことがないが、私の辞任はテレビで取り上げられたのだ。

それほど、「いきなり！ステーキ」とその社長の「一瀬邦夫」の存在が注目されていた証左であろう。

会食の機会だけではなく、コンサートや展示会のお誘いも多い。もちろん、こうしたお誘いに応じて、自分自身でスケジューリングしている。秘書のいる生活を20年以上経験してきたが、もう自分のことは自分でやらなければならない。

これって、当たり前だが、誰もがやっていることに戻っただけだ。

兎に角、スケジュール帳に書き込む。私にとっては非日常的なことが仕事でもあり、嬉しくてしょうがない。

以前より多忙な時間帯が多くなっている。80歳を超えて気力、体力を丈夫で長持ちさせると共にフットワークを良くするためにも、不断の努力がより一層重要になる。髭剃りは絶対に毎日やると決めている。そして、剃髪は3日に1回、白髪を染めることをせずに剃りとってしまう。

私は40歳の頃から髪の悩みを持っていた。某メーカーのかつらを40万円以上

15
人を欺かない

出して買ってから、すぐやめた。今後一生涯、人を欺いて生活することに疑問を持ったのだ。

年々薄くなっていく髪の毛に対して、自分流を徹底してきた。薄くなるのは俺のせいじゃない。しかし、乱れた髪が襟足も見えないほど伸びていては、自己管理のできていない証拠である。常に剃髪し、自分流の身だしなみを厳しくしてきた。

その自分史に加える1ページが、初めて剃髪した時の床屋での会話である。

「本当にいいんですか？」

念押しする、うら若き理髪師の女性との問答。

「思い切ってやってください！」

16 自分から動く

もう後に引けないところへ来た感が強い。頭を撫でるとザラザラ感がある。

ついに自宅で決断を行動に移した。

16
自分から動く

「あこがれの、スキンヘッド！」

5枚刃のT字カミソリで恐る恐る初めて頭にカミソリを走らせた。

後ろの見えない部分は、手探りで剃り残しを探す。このことを盲牌《もうぱい》とか毛牌《もうぱい》と勝手に名を付けて、人を笑わすときに何度も使った。麻雀をやる人には大ウケする、少し自虐的なネタだ。


横道に逸れすぎた感があるが、浪人中の自分を律するにはとても重要なことだ。年寄りくさくない服装にも気を遣う。身だしなみに気を遣わず、だらしなくなっていく自分はあり得ない。

見えないところの鍛錬も重要だ。以前にも増して、「ジョグウオーク」の回数を増やしている。この聞き慣れないワードは、私が考えた造語である。小走りと早歩きを交代で取り入れる有酸素運動だ。

それから、ベンチに寝て両足を挙げる腹筋強化、手すりを使って両足を交互に頭の高さまで引き上げる足上げ運動を行う。その後、念入りに柔軟体操を行い、腕立て伏せを30回、さらに片方が3キロのダンベルを使って数カ所の筋トレを行い、最後にダンベルを胸の前に抱えて持ちながら、20回のスクワットを行って終了となる。

晴れてる日には、日光浴は欠かせない。定職を持っていた時と比べると、格段に日光浴をする回数が増えた。お陰で私の肌は、こんがりとチョコレート色になっている。

太陽なくしてすべての生命なし！　太陽エネルギーを体が吸収すると、その蓄えられたエネルギーがフットワークの元になる感を持つのは私だけではないだろう。


そんなわけで、スケジュール帳と睨めっこする毎日は緊張の連続でもある。今更ながら、秘書のお陰で現役社長を大過なく長年にわたりまっとうできたことを思う時、感謝の念が湧いてくる。

数日前にこちらから誘って、先輩の吉野さんに上野で会った。60年もの長きにわたりお付き合いしている。私より5歳上で85歳になるが、多少足の運びが頼りないことを除けば、素晴らしく清潔で笑顔も言動も衰えを感じさせない。

16

自分から動く

こうした先輩との貴重な時間を持てたことは、私が素晴らしい時を過ごしている証拠だと思う。時間を何に割り振って使うかが、これからの豊かな人生を作っていくと確信する。

この思い出多い吉野さんに、「私のほかにお付き合いしている人いる？」と聞くと、「まったくいない」との返事。その返答に待っているだけでは、友人はどんどんと減っていき、やがていなくなってしまうという気付きを得た。

やはり、自分から動く、自分から誘うことが友達を失わない要諦であると思うに至った。

そうだ！　自由人として、その昔親しくしていた友達との縁を思い出し、誘ってみることにしよう。

そうして、私のスケジュール帳がまたまた満たされていくことになる。

17 自由な時間は最高の贅沢

浪人生活に入ってからの心境の変化に、自分自身とても興味を持っている。

２０２２年の今日、10月12日で浪人生活は２カ月となった。

退職した直後は、あまりのライフスタイルの変化に落ち着かない毎日を送っていた。

高校を卒業して飲食業の道に入り、62年もの間、仕事に就かない日はなかった。言ってみれば、常に時間を意識することを当たり前とする規則の中で生きてきたわけだ。休日も時間に限りがあるので、無駄なく計画して時間配分をしてきた。

それが突然、会社を退職したわけで、ソフトランディングで自分の仕事が減っていくのとはわけが違う。自由時間の嵐が吹き荒れる我が人生が突如としてやって来た。

「このままで終わらないでしょう？　次は何をやるのですか？」

17

自由な時間は最高の贅沢

多くの方が、励ましと共に声をかけてくださる。

私もその気になって、いくつもの机上戦略を練りに練った。そして退職後、しばらくして80歳を迎えることになった。気力も体力もアイデアもあるが、「何のためにそれをやるのか?」その疑問にぶつかると、ここまで苦楽を共にして来た相棒が言う。相棒とは、もう一人の自分のこと。相棒はこの浪人生活の間にかなり成長している。

「お前は何歳だと思ってる?」

退職後の人生を、どのように活かし切るかが問われるところなのだ。私は、この2カ月の間の心境の変化に気付いている。「これからの生き方に何を選ぶか」をだ。

あれほど時間の制約の中で働いてきた私だが、もっと自由な時間がほしいと思った記憶はない。自由な時間がなくても平気だった。しかしその分、定年がある勤め人と違い、退職時期が明確でなかったこともあり、降って沸いた時間の使い方はズブの初心者だ。

ただ、だらしない生き方はしたくない。長き良き習慣がそうさせている。

新妻と二人で創業して以来、ここに至るまでの貴重な経験は、私自身のものだ。この経験を人様のために役立てることができないかと真剣に考える時間がある。自由に使える時間があるというのは、最高の贅沢だと思うようになってきた。小説、エッセイを書いたり、ゴルフもできる。とりわけゴルフは健康に良いし、上達することが楽しい。友人との金時山登山にも挑戦した。

まだ浪人生活2カ月。心境の変化はこれからも期待できるだろうと思う。

私は人が大好きで、誰かと語らうのが好きだ。歳をとると友人がいなくなるのは、自分から声をかけなくなるからである。私は気の合う友人に声をかけていくことを、意識的にやっていこうと思う。

18 最初の勢いは何処へやら 言い訳は自分の価値を下げる

退職後、早くも4カ月を経過する。『最初の勢いは何処へやら』の言葉も母の直伝だ。『三日坊主』も母の直伝であり、私の根幹をなす行動基準の判断の多くは、生まれた時から母との二人きりの生活を通じて、学んだ事が実に多くある。

このエッセイを100号まで書いて出版するぞとの決意も何処へやら、17号を2カ月前に書いて、そこから2カ月も経っている。言い訳はいっぱいあるが、自分自身のできない理由を自分に言っても仕方ない。言い訳の相手がいないのだから、自分を取り繕ってよく見せる必要もないことに気が付く。

私の人生は、潔いことを信条としてきた。遠い昔、小学校の国語の授業で、言い訳がよくないことを学んだ。教科書の中の少年の言い訳を、親が注意する。その場面を記憶に留め、言い訳をすることが自分のためにならないことを学んだ記憶がある。

言い訳は、自分の立場を肯定するために用いられるが、いつしか、その言い訳を言い訳と思わずに生きていくと、誰も注意する者がいなくなる。すると、その人は言い訳に終始する人生を歩むことになり、なかなか幸せを感じる人生とは程遠くなっていく。これを『自業自得』というが、これも母から学んだのだということは確かな記憶がある。

実はここまで書いて、何を言いたいのかを理解していただくための、「言い訳」でなく「説明」をしたいのです。エッセイを2カ月も書かない、書けない理由は、書く気がなかったからであり、その理由もある。

退職後、仕事に行かないので毎日が退屈かと言えばそうではない。仕事を自分の意思で作り出すための構想を練っている。近い未来に、自分の経験を活かして、人様のお役に立てることを選んでいる。すると組織を持たない私にとって、大きなリスクも背負わずに活躍できるいくつかの仕事が見つかった。

私の経験と経歴が物語るように、いくつものことを成し遂げてきて今があるので、私の話を聞いてみたいと思う人もいると思いたい。このエッセイの100号達成も、重要なライフワークに組み込む決意を新たにした。

私の言葉に「決意とは自分との約束である」がある。決意を実行しなくても叱られはしない。しかし、自分で自分を叱れる自分になりたいのだ。

社内報も、25年間以上の継続から304号まで継続したが、私の退職までひと月も休まずに達成できたことは、自信につながっている。日記も実現実行確認ノートも、25年以上という結果が出ている。現役社長時代は、毎朝の朝礼で必ず訓示を述べ続けてきた。

従って過去の自分を振り返り、このエッセイを100号に向けて書き続ける決意を、自分を信じて取り組むことで継続することにする。

19 愛車ベンツとの別れと始まり

私の愛車は、ベンツGLA200dの四輪駆動車だ。納車後1カ月が経過した。

待ち焦がれていた愛車の納車翌日には、友人を乗せて富津に行き、帰りは友人に運転してもらった。友人はハンドルを握り、すべてにバランス良くできている我が愛車を褒めることしきりであった。

納車当日は、4年間乗ってきたベンツSLC43AMGに乗ってディーラーに行き、いよいよ慣れ親しんだこの愛車とも別れの時かと思うと、寂しい気持ちになった。しかし、現役の社長として多忙な毎日を送っており、この車でのロングドライブの思い出は少ないことに気が付く。4年間も所有していて、走行距離が1万キロをやっとクリアしたほどしかなかった。

若い頃の私は、オートバイに夢中になっていた。原付から始まって、オートバイの最高峰であるハーレーダビットソン1340ccを乗り回すほどになっていた。

少し自慢になるが、45歳を過ぎて府中警察の大型バイク試験に合格した。100名以上のオートバイ乗りが受験し、毎回1~2名しか合格しない難関試験に、9回目にして合格し涙した。

合格後、「今だからこそ言えますが」と社員たちから聞いた話では、私の合格に懐疑的で、「どうせ受かりはしない」と囁き合っていたのだそうだ。

風を切って走るオートバイの醍醐味を知る若き頃の私の憧れは、オープンカーのオーナーになることだった。ちなみに「オープンカー」とは日本の言葉であり、フランスでは「ガブリオレ」、アメリカでは「コンバーチブル」となる。

こんなに話を脱線させておいて何が言いたいかといえば、オープンカーへの強烈な憧れは、オートバイ好きが高じて生まれたものであり、今度の新車も屋

19

愛車ベンツとの別れと始まり

根がオープンになるように別注をお願いした。

さて、ディーラーにおいて、慣れ親しんだSLC43との別れの時、その横には新車が誇らしげに鎮座している。最後に愛車SLC43の鼻を両手で包み込むように撫でて別れをすませた。昨夜は、愛車を綺麗に洗車してねぎらった。目的もないのに浅草・上野近辺をドライブして、自分なりに決別前夜の儀式を執り行った。

さあ、今だ！　気持ちを切り替えて、新車のドアを初めて開ける。車内からどこか懐かしい新車の匂い！　その瞬間、想いは一気に新車にのめり込む。

「始めがあって終わりが来る、そこが新たなスタートになる」

この言葉こそ気持ちの切り替えには必要だ。

新車での2度目のロングドライブは、一人で静岡市足久保の菩提寺まで往復した。帰りの渋滞により自宅に着くまで6時間もかかってしまったが、渋滞中の退屈しのぎにいろいろ試してみた。その結果、説明書を読んでも理解がむずかしかったが、あれこれ試すうちにオートドライブ機能をマスターすることができた。

正しく設定すると、右足の動作は必要ないことに感動した。両手をハンドルから離しても車線を読んでコースから外れない。しかし、愛車が怒る。モニターに表れたハンドルが燃えるように真っ赤になり、それを無視していると、「緊急停車します！」と言ってくる。そんなことになったら周りのドライバーに申し訳ないのでハンドルを握る。

こんな調子で退屈することなく、眠気にも襲われずに自宅に到着することができた。

20 私と車の歴史

私と車についてまとめてみた。車は、免許取得で乗ることができるようになる。その免許取得のきっかけは、隅田川の土手の上に首都高速の橋桁が、重機にぶら下げられているのを目前で見てからだ。

私が24歳だった。その当時6帖一間のアパートに、母親と二人暮らしで高速

20

私と車の歴史

道路の工事音もけたたましい至近の土手下に住んでいた。やがて、ここを車が通るのを知ったわけだが、免許証のない私は、車を持てないのがとても悔しい気持ちになって、免許取得の決意を持つに至った。

この時代は、戦後復興のシンボルとも言える東京オリンピックも直ぐそこにあり、すでに都心から羽田空港への首都高速が完成していた。その高速道路が今度は自宅の真上を通ることを知り、車がなければここを通れない。そこで免許取得となった。

その免許証は、赤坂の国際自動車教習所で取得。母に真っ先に見せた。そこで驚きの言葉が母から発せられた。

「邦夫ちゃん、車を買わなければダメよ！」

私は焦った。我が家の経済状態を知っている私には、信じられない母の一言だ。だ。さらに「運転しないと忘れちゃうからね！」と追い打ちをかけてくる。

たまたま、友人が中古のブルーバードのスタンダード車を紹介してくれた。車両価格の15万円は、母のお陰で信用組合から借入をしてもらい、我が家を手に入れることができた。この嬉しさを表す最高の言葉が見つからない。兎に角嬉しい。母も大満足だった。

早速、次の休みに母と日光への日帰りドライブに出かけた。高速道路もまだない時代だ。助手席に座る母の喜びが、私の喜びを増幅させている。沿道に咲き誇るサルビアの赤い花が、鮮明に思い出せるのはどうしてだろう。やがて日光のいろは坂の登りに差しかかり、狭い道路いっぱいにバスが下って来るのをかわしながら、新米ドライバーの私は、運転している自分を実感して、楽しさとスリルを一層感じていた。

今では考えられない、突っ込み運転が当たり前だった。よく事故が起きなかったものだと、冷や汗の出る初ドライブだった。この初めての往復ドライブが、私に運転の喜びと自信を与えてくれた。

その2週間後、葉山一色海岸で遊んでの帰り道、第三京浜で、突然のエンジンからの異音に驚き、待機車線で緊急停車した。「ガリガリーン」と凄い異音と共に、真っ黒い煙が後方の視界を遮る。ボンネットを開け、ラジエーターにタオルを巻いて少しずつ緩めて蓋を開けた。車の温度計は高温に振り切ってい

20

私と車の歴史

たから、新米の私でもこのオーバーヒートが原因であるのは、容易に想像がつく。

道路脇の農家にお願いして、たっぷりの水を補給してから、恐る恐るエンジン始動。異音と共に回りはじめたマフラーからは煙がモクモクで、追い抜くドライバーの視線を気にしながらも、なんとか修理工場に辿り着くことができた。そこで、またもや15万円の借金をすることになるのだ。

母に一部始終を報告して、修理代が車と同じ金額の15万円かかることを恐る恐るお願いした。すると、思いもしなかった温かい母の言葉が返ってきたのだ。

「よかったね。事故を起こさずに怪我がなくて……よかったね」

この母の言葉は、私の一生の宝物だ。

それ以来、車の始業点検を確実にするようになった。

後年に気付いたのだが、このような母のポジティブな発想が私の潜在意識に取り込まれていき、どんなピンチでも最悪の事態と思ったことはない。この習慣的発想の中にこそ、母からかけられたあの時の温かい言葉の意味が、今の自分に脈々と生き続けているのだろう。

21 忘れ物、人情に触れるポジティブな考え

前日、京都での講演を終え、京都駅構内で今まで見たことのない珍しくも美味しそうなおみやげを買った。

今日の帰りの便は久々に乗る「ひかり」だ。この「ひかり」のトップスピードは、「のぞみ」と同じだと聞いているが、停車駅が多いのが時間のかかる要因になっているのだと思っていた。

停車中の「ひかり」に、ブルーと白のツートンカラーの物体が近づき、ほんの数秒で吸い込まれるような振動とともに過ぎ去っていく。この正体は、最速新幹線「のぞみ」であるが、ここで閃きを文章にしたい衝動に駆られる。新幹線開業時、「ひかり（光）」は最速だったので、この名称は、「名は体を表す」の言葉通りの最速の座に君臨していた。

しかし、もっと速い新幹線の誕生によって「のぞみ」というネーミングになったわけだが、「ひかり」より「のぞみ」のほうが早いことに多少の違和感

を持っていた。光は見えるが望みは見えない。明確に理解できた。この見えない望みが、すべてに勝る人類の希望のように思えて、この名称に納得した。この度の「ひかり」の乗車中の停車駅は忘れたが、追い抜かれた後の思考の感想である。

実は、この新幹線の名称がこのエッセイの主題ではない。人の温かい人情に触れて、感謝の気持ちを捧げたくてこの文章をものにしようと決意して書き始め、横道に逸れてしまったのだ。

品川停車でトイレを使いたい気持ちを多少こらえて、東京駅下車で小用を済まそうと思っていたが、それを忘れて改札を出てしまった。同じ思いで下車する方々で混み合うのが、ホーム下のトイレだ。そこに寄らず、うっかり改札を出てしまってから「したいこと」に気がついた。

駅員さんに事情を話して傍から入れてもらうことを閃いたが、私の小さなプライドがそれを許さない。そこでトイレを探すことになったが、改札口の中側には潤沢にあるトイレも、外にはとんでもなく少ないのだ。

中央口を出てから右へ曲がり、遥か彼方にトイレマークを見つけてホッとする。マーク下まで行くと、下に続く階段がある。そこを降りた左にトイレがあったのだが、このトイレが時代遅れも甚だしく、小便器と背後の壁の空間が狭すぎることに気がついた。設計段階のその昔、申し訳程度の空間をトイレに活用した感が強い。

今は、リュックを背負うサラリーマンも多くいる。リュックで背面の通路が塞がれてしまうのだ。この狭いトイレの脇に小型スーツケースを置き、その脇におみやげの袋を置いて小用を済ませる。

100メートルほど歩いてある店に買い物に入った直後に、紙袋がないことに気が付いた。そこの店員さんに事情を話し、スーツケースを預かってもらい、トイレにまだあることを願って慌ててダッシュしたが、そこにはすでに跡形もない。お掃除のお姉さんに事情を話すと、手を休めて清掃中の札を開き立て、地下室のガードマンさんの詰所まで連れて行ってくださった。そこにも届いていない。

その手の忘れ物は改札口に届けられるケースが多いとアドバイスされ、再び

22
柿の種とペットのカタツムリ

改札口までそのお姉さんが連れて行ってくれた。お掃除道具の入ったキャスターのついた台車を移動させながら停車させて、私が迷っていないかを確かめるように振り返りながら連れて行ってくれた。

そこにも届いていないのを確認して、諦めることにした。

しかし、このお姉さんの時間を奪ってしまったことに済まない思いがして、お札にお金を手渡そうとすると丁寧に断られてしまった。

「当然のことをしたまでです」と。

名札には「森井」と書かれている。お菓子を忘れて「人情の温かさ」を知った私は、この思い、感謝の気持ちを表したくて書き留める気持ちになったのだ。

「お父さん、大変なことになってるよ！」

私がちょうど夜の歯磨き中のことだ。妻の広子が叫んだ。

歯ブラシを口に突っ込みながらのモゴモゴ返事に、再度聴こえる広子の声。

一抹の不安が心をよぎるが、妙に明るい声色だ。洗面所から離れたキッチンに急ぎ足で向かうと、広子の指先の黒い物体に目がいく。

「お父さん、柿の芽が出たわよ！」

その黒い小物体は、柿の芽であった。私も思わず感嘆の言葉を発する。口に歯ブラシを突っ込んだままの感嘆の言葉。

「信じられないね、かわいいね！」

このモゴモゴ言葉が通じたようで、二人で満面の笑顔が弾ける瞬間がきた。

「もう少し芽が伸びるまで入れておこうよ」と私。これに間髪を入れず広子が、「でも、カタちゃんに食べられちゃうわ！」と心配する。「そうだね、じゃあこうしよう」。柿の芽を小さな小鉢に移して、カタちゃんの土を少しもらって、この柔らかな論争は落ち着いた。ちなみに、カタちゃんとは、我が家で飼っているカタツムリのことである。

「でも、これ渋柿の種だよ」と言われて、改めて驚く。およそ3週間前、私がいたずら半分で渋柿の種をカタちゃんハウスの土中に埋めて今日がある。狭いカタちゃんハウスの中で、ご機嫌に成長するカタちゃんの大好物は、苦味の少ないレタス。きっとこのカタちゃんのうんちが、柿の種の発芽と因果関係があるのでは、と二人の意見が一致した。

「桃・栗3年、柿8年」

母から学んだこの言葉が脳裏をよぎる。

昭和17年生まれの私は、少し複雑な気持ちになった。つい先日のこと、長女の久美子の誕生の記念樹の柿の木が、歩道の大改修工事によって跡形もなく消えていたのだ。53歳の久美子と同じ年月が経ち、一抱えもあるほどに成長し、人が登ることができる。毎年、甘柿の収穫も楽しみにしていたのだ。

この娘の記念樹のことを思い出し、甘柿への願望があることをつい口にした私は、渋柿と言えども、この芽の成長を楽しみ、実が成ることを我が人生のモチベーションアップにつなげたいと思った。

その渋柿の種は、私の柿好きを知った富津の富田さんから届いた干し柿の種だった。

以前と言っても、3カ月前、そのときも「お父さん、大変よー!」と広子の声に駆けつけてみたら、広子が手にしていたのは、行方不明になっていたカタツムリのカタちゃんであった。

その1カ月以上前、「お父さん、大変よー。カタちゃんが、いなくなっちゃった」という騒動があってから、部屋の隅々の一斉点検をしたが、カタちゃんを発見できなかった。私の発案で、カタちゃんがお腹をすかして戻ってくるようにと、土とレタスをパックに入れて、部屋の隅に置いておいた。しかし、3週間が経過し、広子の「片付けましょう」の一言で諦め、撤去決定。

それから1カ月以上経って、「お父さん、大変よー！ 生きてるわよ！」につながったのだった。そのときの喜びは、生涯忘れることはないだろう。

1年も前に、レタスの中から生まれたカタちゃんは、大きく成長している。柿の芽吹きに歓喜した私は、これは「カタちゃんの恩返し」として、柿の木が成長したらカタちゃんを登らせてあげたいと思っている。

Calligraphy Collection 04

人の数だけ知恵が
ある、考える
深く考える
追求して考える

23

社内報への想い

私は27歳で創業後、会社に53年間勤務し、退職した。長い会社経営から解放されたが、毎日が暇で退屈というわけではない。

社長在任中は、自分の意思とは違う多種多様な仕事に追われる日々ではあったが、それでも自らに課した仕事には期限を定めて、忙しくてもやり遂げていた。

退職して会社の仕事がすべてなくなった現在、在任中は手付かずに終わった仕事を掘り起こしている。できなかった仕事を、思う存分極めるまでやり切る時間ができたのだ。

自ら考え仕事を作り出すという、持って生まれた資質（？）が習慣となり、新しい発想がぐんぐんと湧いてくる。確かに在任中よりも自由に使える時間はかなりあるが、今は仕事に追われるよりも、仕事を追いかけている感が強い。

以前は、自分でやらずに秘書にお願いしていたことが多かったが、今はすべ

23

社内報への想い

て自分でやるのが当たり前な日常になっている。仕事以外の人との交流も増えた。頼まれ事も気軽も引き受ける。自ずとスケジュール管理は慎重になる。

在任中、最もプレッシャーを感じた仕事の一つに社内報がある。その社内報を25年間担当し、３０４号をもって退職したのだが、この毎月の発行、とりわけ「社長からみなさんへ」という記事を書くことに使命感を持っていた。

思い返せば、この社内報をやり切る決意が、会社を東証一部企業まで成長させた原動力になったと言っても過言ではない。25年以上前の創刊時の決意を３０４カ月継続できたことが、自分を信じることへの自信になったのだと思う。

社内報の創刊時、会社は危機的な経営状況にあった。そこから脱するには、社員の団結力を高めることが重要であると判断した。

まだ軌道に乗っていなかった初期の「ペッパーランチ」の将来性、優位性を社員のみんなに信じてもらう、そのために社員決起大会をホテルで開催した。この新業態に最初は懐疑的であったＯＧＭコンサルティングの榊社長が、壇上から会社の未来を語ってくれた。その後の懇親会で、社員みんなの心が一つになっていく光景を見て、私は大きな野望に胸を膨らませていった。

「枯れた植木に水をやる人はいない」

これは幼い頃に聞いた母の教えで、「ピンチのときに落ち込み、枯れ木のようにしおれてしまってはダメだという教え」だ。この母の教えを実現した瞬間でもあった。

翌日出勤すると、松本部長の一言がさらにこの大会の価値を私に感じさせてくれた。

「社長、昨日の大会は、グランドスラムでしたね」

グランドスラムという、意味不明な言葉の説明を受け、それが「圧勝する」ことなのだと納得した私は、前日の興奮状態の余韻を社内報らしきものにまとめ、社内外に発信したのだ。

今にして思えば、昨日の記憶を紙に書き出すことで、自分の奮起を継続させたかったのだろうと確信できる。もう二度と倒産寸前まで追い込まれるような状況になりたくない一心から、社内報の創刊号ができ上がったのであった。

しかし、強い決意で始めた社内報の発行も、半年もすると苦痛になってきた。

23
社内報への想い

もとより、あの決起大会以後の業績は順調で、目を見張るほどになっていたのだが、「初心忘るべからず」の言葉が後押しをしてくれた。

どうしたら継続できるか？

「この社内報を途中で出せなくなったら会社は倒産する、神様に召し上げられるぞ」

この自分への強迫観念が、実に効果抜群であった。

無理やりパソコンに向き合っても文章が書けない。1時間も2時間も書けない時間が続いても、投げ出すことはあり得ない。自分に課した決意が継続を奮い立たせる。

ネタが見つからないのもあるけど、思考回路が未成熟であったのだ。そこで日々のウォッチング力を高めること、気付いたネタは記録することを習慣にしていった。

社内報の66号までは私の手作りであった。文字を切り貼りして、写真のスペースを空けて、コピーして、無駄な線を消してと、自分流で作り続けていった。

この深夜に及ぶ孤独な作業から得た教訓がいくつもある。

「決意とは自分との約束である」

自分は決意しても継続ができない人間だったが、この言葉が自分への戒めとなり、以後、この生き方が自分を律してきたと思える。

その他にも、「人の見ていない時の行動が自分の価値を高める」など、いくつもの独り言が自分を構成する言動力になっていったのだ。社内向けの社内報だったが、これらの教訓を社外の多くの方々にも伝えたいと思うに至った。こうして得た教訓は、毎月の文章の出稿日を定め、それに自分が打ち勝った「おまけ！」であり、おまけが実に多いことに気が付いた。

初期の頃、深夜の午前3時～4時にコピー機から印刷された社内報が出力されてくる瞬間、思わず感激の涙が流れ、喜びと達成感を味わったことが蘇る。

「これで倒産せずにすんだ」

自分に課した強迫観念が生き続けている。いつしかプレッシャーも薄れ、継続することの責任感に変わっていった。途中から自分の半生を描いた私小説も書き始め、間もなく120号になる。

今にして思えば、人はできることの繰り返しで生きているほうが楽だが、できないことにチャレンジすることの価値を大きく感じている。

退職後この社内報を書く必要はなくなったが、今、そのエネルギーを新たなチャレンジに注げる環境を手にしたことは、社内報の継続達成があってのことだと思える。

24
スキンヘッドは決意の表れ、己に勝つ証

ニューヨークのマンハッタン。ここに「いきなり！ステーキ」を11店舗展開していた時、私はこの地を頻繁に訪れた。

以前から髪の薄いことを気にしていた私は、ニューヨークに来る度にスキンヘッドで堂々と街を闊歩している男性の多いことに気がついていた。カッコ良いのだ。髪の薄い人は見かけない。我が意を得たり。私は勇気をもらって帰国の途につく。

ハリウッドにもスキンヘッドで有名な俳優が何人もいる。その代表格は、少

し古いが、ユル・ブリンナーを思い出す。現在は、ブルース・ウィルスが有名だ。

帰国翌日、いつもの床屋の女性理容師さんが笑顔で迎えてくれる。「坊主頭にして」とオーダーすると、電動バリカンを手に持つ彼女は、鏡の中の私に問いかける。

「本当にいいんですか?」

頷く私の決意は固い。

バリカンの音が止まり、目を開くと思わず笑ってしまった。中学生以来の坊主頭に我ながら可愛いと思ったのだ。笑顔満面が似合うのが坊主頭だ。

自宅の風呂場で、今度は、T字カミソリでツルツルに剃り上げた。もう後に引けない男の決断がそこにある! 幼い頃の私は「どんぐり」というあだ名で揶揄されていたのを思い出すが、この髪型、そんなに不自然ではないと確認した。

思い起こせば、髪が薄くなりたての40歳を過ぎた頃から77歳のその日まで、薄くなっていく髪の毛を増やす努力を続けてきたのだが、この悩みから解放さ

24

スキンヘッドは決意の表れ、己に勝つ証

手入れ不要。女性からイヤと思われるかと思ったら、そんなことはなかった。

れたのだ。

某メーカーのカツラを注文して数日後にはやめてしまったのだが、その理由は、これから一生涯人を欺いていくのはよそうと思ったからだ。

それまで、テレビに出演した私の録画映像を見ると、可哀想なくらい禿頭が目立っていたが、スキンヘッドにしてからの結果は上々で、私にとってマイナスなことはまったくない。風が吹いても気にならない。そして、ブラシやドライヤー、ヘアースプレーがいらないことに気がついた。しかし、なぜかヘアートニックは手放さない。爽快感、香りも好きだ。だが、無造作に振りかけると顔から顎に流れ落ちるのを初日に学んだ。そこで直感的に思い出したのが、森林の伐採と洪水との関係だ。本当にそう思ったのだ。左手で流れ止めを作って、慎重に振りかけることにする。

私は必ず朝風呂に入る。シャンプーで丹念に洗髪をして、髪をふんわりとさせることにこだわりを持ち続けて30年が経つ。これは今でも良き習慣となっている。

床屋に行かなくなって数年経つ。当初は、月に一度は行っていた。この頭で床屋へ入ると流石に視線が気になった。蒸しタオルを重ねて湯気立ち上るマッサージが心地よい。しかし、だんだん行かなくなっていく。その代わり、週に2度はカミソリで剃り上げる。

「自分でやるのですか?」「後ろはどうするのですか?」同じ質問をされることがある。その答えに「盲牌」「毛牌」と言って、笑ってくれると嬉しくなる。

世の男性諸君に告ぐ! 無駄な抵抗はやめろ! 禿頭よさようなら、だ。必ず自信張る自分に気が付くはずだ。

25

おせち料理と12月の社内報

今日は、大晦日だ。しかし、何か拍子抜けしていることに気が付いている。この何十年もの間、「洋風おせち料理」の販売に使命感を持って取り組んできたが、今年は一年の締めくくりとも言えるこの仕事から解放されている。

また社内報では、どんなに厳しい経営状況にあっても、12月号では必ず感謝を忘れない言葉を発信してきた。

「みなさん、私はこの1年間はとても良い年でした。健康で幸せに満ちた年に感謝の念を持っています」

このような内容にまとめ、ポジティブに新年が迎えられるようにと心を込めて書き続けた25年間であった。それが、社内報で社員に向けて書けないことが、いつもと違う。このことは、自分に向けて自分の思いの丈を語りかける機会がなくなったのと同じだということに気付いている。

「ステーキくに」の「洋風おせち料理」を最初に作ったのは私が36歳の時で、それ以来継続され、今年で実に44回目を迎えている。

この36歳の正月は、新築の4階建ての自社ビルで迎えた、初めての正月だった。初めて迎える新店の正月は、元日から3日まで休業することに決めた。頼りになる従業員に休暇を与えることで喜んでもらおうと思ったのだ。

この休業案内を年内の早い時期に店内に張り出すと、常連のお客様からは、「店が閉まれば食べるところがないので困る」との言葉を数多くいただいた。「それなら」と、一部のお客様にご家庭で召し上がれる料理を作ってお届けし

25

おせち料理と12月の社内報

ようと思いつき、それが翌年からの「洋風おせち料理」のお届けにつながった。

「お正月のご自宅で『くに』の料理を召し上がれます」という張り紙を大晦日を迎える前に張り出すと、思いのほか多くの注文をいただき、うれしい悲鳴となった。6~7人前のセットを30セットも注文いただいたのだ。人数にして約200人前の注文をいただいたことになる。

私は従業員のいない調理場で、妻のアキ子（娘・久美子と息子・健作の母、48歳で病気のため他界）に手伝ってもらい、明け方までかけて料理を作り上げ、それからお客様のご自宅までお届けした。すると、大いに喜ばれた。大きな重圧に耐えてやり切った喜びは、滅多に味わえない達成感となった。

私は「この正月料理はビジネスになるな！」とピンときた。次の年には大々的に売り出そうと決意を固めた瞬間でもあった。そこで「洋風おせち料理」とネーミングも決まった。

翌年は、やると決めた以上、どうやって知ってもらうかが問題だった。お風呂屋さんへの広告の張り出しや手作りチラシを出前先に持っていくのは当たり前で、考えつく限りの販売促進を行った。すると、その努力が実って、大量の注文を受けることに成功したのだ。

それからというもの、毎年の大きな重圧となっていったのが、おせち料理の種類に趣向を凝らし、いかにお客様の期待に応える内容とするかだ。おせちの発送が済んだその瞬間から、翌年のおせちを考える。その習慣から解放されるまでに十数年はかかった。やがて、おせち料理という1年に一度のものであれば、毎年同じでも飽きられることはないという考えに至った。

電話応対も「何時にお届けしますか?」と聞かない方法を考え、「何時に取りにきていただけますか?」に切り替えたことで、お届けの件数を大幅に減らすことができた。それが数年前からは宅急便対応になり、地方へのお届けもできるようになったのだ。

今年も11月下旬頃から、おせち料理の広告が溢れるほどに紙面を華やかにしている。44年前、私がこれを始めた頃は、まったくと言っていいほど、おせちの宅配など聞かなかった。

この「お届けおせち料理」の草分け的な存在こそ「ステーキくにのおせち料

理」であることは、胸を張ってここに書き留めておきたい。

26
日記は人生の価値を3倍にする

「小岩駅を降りるとその女性は、南口の昭和通りを歩いていく。僕は気付かれないように後をつけていった。その時、突然消防自動車が走ってくる。女性が立ち止まって消防車を見ている。そして、消防車の行く方向に振り返って見続けている。この時僕は『やばい、見つかる』と思い、瀬戸物屋の影に隠れた」

私が高校生の時に書いた日記の一部だ。久々に出てきた高校生の時の日記を読み返し、この当時の高校生活を一気に思い出すことができた。私はこの感覚を「テープレコーダーの頭出し」と言っている。

人は、過ぎ去った人生を記憶に留めているものだが、大部分は覚えていないことが多い。私はこの頃から日記に関心を持っていたが、その証拠となるのがこの小文だ。

当時は、就寝時間と起床時間、日中の出来事を思い出しながら書いていた記憶がある。しかし、それから再び日記を書き始めたのは約26年前、自分の生き方を大きくチェンジすると決意した日がスタートだった。社内報、計画実行実現ノート、そして日記の3点セットを書き始めた。それ以来、海外出張で日付変更線を通過する関係で書けない時以外は書き続け、80歳になり、会社を退職した今も続けている。

日記を継続的に付けている人は、ほとんどいないのではないか。なんと、もったいないことだろうと思う。

「人生を3回も楽しめるのが日記です!」と言いたい。

どんな些細なことでも、自分流に書き続けることで習慣にしてしまう。習慣とは、続けることによって、意識しなくても自分の人生に組み込まれているものだ。

一日が終わり、寝る前に一日を思い出すから書けるのだ。長い文章はいらない。一日を振り返ることで、2度目の人生が始まる。その思い出す行為はむずかしくない。我々は連続して行動しているから、ほとんどを記憶しているはず

26

日記は人生の価値を３倍にする

高校生（17歳）のとき。愛犬チーちゃんと。

である。

その全部を書く必要はない。その日の話題というか、トピックとして書き留めておきたいことを中心に、文章化する。時には、ノートの1ページいっぱいに書くこともある。そこに感情移入をして書く時には、文章は長くなる。

私も、最初は一日の出来事を書くだけだった。それがやがて、反省文になったり、「ああすればよかった」「こうすればよかった」ということまで書くことも出てくる。心の叫びを書く、ということである。

日記を書くときに人生を振り変えるので、それは2度目の人生ということになる。そして、その日の記録（日記）を読み返すときが3度目の人生ということになる。日記を読み返すと、鮮明にその日を思い起こすことができる。

日記は、他人に見せる目的で書かないから、自由に書ける。後で振り返ると、綺麗に整った文字で書いている時、殴り書きの乱雑な時、酒に酔って義務と習慣が入り混じって書いている時などがある。自分の字だからこそ読めるが、みみずが這っているような字になっていることもある。

日記の習慣を自分のものにすると、そのご褒美は絶大だ。決意とは自分との約束である。この言葉をご褒美として自分のものにした時、人生に真剣に向き合うことにもつながる。人生を3度楽しみ、たくさんのご褒美をもらおう。

27 ハーレーダビットソンに憧れて

最近ではハーレーダビットソンを街中でよく見るようになった。私はどうしても気になってしまうのだ。なんとも言えない排気音に、つい目が行ってしまう。

交差点などでは、いつも先頭の停止ラインに止まることに気が付いている。その後方に続いて停車するのが、ハーレーよりも排気量の少ない国産のバイクたち。その後ろに原付バイクが並んで信号待ちをしているのだ。どうやら無言の序列があるのだと感じてしまう。

「ドカドンドンドン」という独特のアイドリング音に、憧れを持つライダーは多くいる。私も、街中でハーレーの「ドドドッ」が聞こえると、その姿を目が追う。その音の強烈な胸を締め付けられるくらいの興奮状態に、強い決意が湧き上がる。

ハーレーのプラモデルを買ってきて、徹夜で組み立てたことも懐かしい。なんでもこの組み立てキットは、1週間ぐらいかけて楽しみながら完成させるものらしい。私が組み立てたハーレーは、茶の間のサイドボードの上にデーンと置かれた。

やがて、このハーレーに乗る使命感が湧いてきた。私はこのハーレーにまたがることを夢にまで見て、とうとう夢を叶えたのは40年前の頃だった。

私は中型バイクの免許しか持っていなかったので、まずは大型バイクの免許取得が大きなハードルになった。私が大型免許取得を決心して始めたのは、商売が軌道に乗り、1年後の自社ビル建設を控えた頃のことだった。

この頃の免許制度では、鮫洲と府中の警察の運転免許試験場で取るのが当たり前であった。今のように、教習所で大型免許が取得できるようになったのは、日本のバイクがアメリカのバイク市場を席巻したことにより、日米間の不公平感を解消する目的もあった。

その後、大型バイク免許取得のためにどれほどの時間を使ったか。この一途な気持ちが実って、とうとう十数回目にして合格を果たした。感動の涙が溢れてきた記憶が鮮明に蘇る。

「これで世界中のバイクが全部乗れるようになりました」

大型バイク免許の取得は、「限定解除」と呼ばれている。スタンプを免許証の裏面に押してくれた警察官のこの言葉が印象に残っている。

この合格を店舗の従業員に話すと、みんな喜んでくれたのだが、社長は大型免許を取れないと思っていたとのことだった。

兎に角、40歳をとっくに過ぎた私は、試験場では異色の存在でもあった。試験場では毎回100名前後の腕に自信のあるライダーが受験するのだ。彼たちは、街中で中型バイクを乗りこなしている連中ばかりだが、40歳を超えているライダーは私だけであった。その中で合格者は1~2名程度。私はその狭き門を突破したのだ。

その翌週、私は試験場に行く代わりに、中古の国産大型バイク、ホンダ750ccエクスクルーシブを買いに行った。早速乗ってみると、400ccの従来バイクと加速がまったく違う。停止線でも先頭切って止まれる満足感もある。この750ccを、半年くらい乗り慣らした。

そしていよいよ、ハーレーに乗る。ハーレーの納車日の興奮状態は、ここに書いても理解してもらえないだろうから、あえて書かないことにするが、FLH1340ccのハーレーダビットソンをついに手に入れたのだ。この日までに付属品の取り付けも完了。とりわけマフラーの交換も済んでいる。このマフラーが、独特の音を生み出すのだ。

このバイク試乗はできなかったので、納車当日に初めて運転する。バイクにまたがり、エンジン始動。右手のアクセルグリップを軽く手前に回すと、アイドリングしながら力強い音響が尻と腹を震わす。

上野の正規ディーラーを出発し、一路向島の店に向かった。街ゆく人の視線が私を見ている！　遂にやったのだ！　夢を現実とした瞬間であった。

挑戦する人生に
未来は輝きを
増してやってくる

28

ハーレーダビッドソンと快適な旅

自宅に到着したハーレーに不慣れな私は、その重量にも手こずっていた。店の従業員が総出でやって来て、矢継ぎ早に質問が飛ぶ。男だったら誰もが憧れるハーレーに見入る視線に、誇らしい気分になる。強烈な排気音に驚き、近所の人も出てきて、幾人もの人に見られている。近所付き合い良好な私は、少し照れながら笑顔で応える。

数日経って、バイク好きのアルバイトが自慢の400ccのヤマハのバイクで出勤してきた。すると誰かが、「このバイクとハーレーとどちらが04加速が早いんだろう?」と言い出した。「04加速」とは、スタートから400メートルの到達時間のことだ。

「じゃあやってみよう」と私が言い出して、早速実車することになった。

実際に400メートル走るわけではないが、加速力はどちらが速いかを競争することになった。

28

ハーレーダビットソンと快適な旅

400ccのヤマハのオートバイ対1340ccのハーレーダビットソンFLHが、スタートラインについた。私のバイクが勝つ自信はない。ヤマハ400ccは軽量であり、04加速が評判のバイクだからだ。

「なあ、みんなどっちが勝つと思う?」

ほぼ全員がヤマハの勝ちと思い込んでいる。

少しの緊張とともにワクワクも感じる。2度、3度と空ぶかしをして前傾姿勢になって、左を見る。ヤマハのバイトと目が合う。スタートの合図が聞こえた。轟音とともに飛び出すも、スタートでは当たり前に叶わない。しかし、確かな手応えを感じると同時に、ヤマハのバイクに並んだかと思った瞬間、勝ちが見えてそこで終わりにした。

我が店の前の道路上でこれをやったものだから、家々から飛び出してきた人たちは何事が起こったかと思ったに違いない。私はその方々に平心抵当、大きなバイクに体を小さくしてお詫びの姿勢を取りながら、スタート地点へ戻った。

顰蹙《ひんしゅく》を買うとは、正にこの言葉がピッタリだ。そんな行為を、白昼堂々とやってのけたのだ。もう二度とやらないと決意すると同時に、警察に通報されなくてよかったと思った。そして、有頂天になりやすい自分を叱ることができる我に戻っていた。

それにしても、このハーレー物語はまだまだ続きが楽しく奥深い！

29
ハーレーに乗るため、革の上下に乗馬ブーツを新調

私の休日の楽しみは、上野駅近くのハーレー正規代理店へ行って、ハーレークラブメンバーと談笑する時間である。クラブメンバーには、すでにバイク購入時に薦められて入会をしていた。みな、それぞれにカッコが良いのだ。私もカッコよくしたいと思うようになっていく。

アメリカの白バイ隊員を真似たようなヘルメットは、すぐに手に入れることができた。それから細身の黒パンツ、黒の厚手の生地のシャツ。シャツの胸にはハーレーのエンブレム。その上下をキリリと占める太めのベルト。靴は合うものがなく、オーダーメイドで注文した。それらができ上がるのが待ち遠しい。走りながら聴くステレオもほしいと思う。

29

ハーレーに乗るため、革の上下に乗馬ブーツを新調

婦人警官（現在の呼称は女性警察官）とごきげんなひととき。

クラブの楽しみの一つに、近郊の景勝地への日帰りのドライブがある。しかし、私は参加しないと決めていた。「レストランの経営者としての線引きがなければダメになるぞ」と自分に言い聞かせていたので、行くことはなかった。

一方、交通安全のために出動を依頼されると、それには参加した。上野地区のメンバーが十数台、上野警察署に集合した。やがて恰幅の良い上席の白バイ警察官の注意事項の説明を受けた後、その白バイの先導で高速道路へ入る。ETCなどない頃であったが、ノンストップで白バイの後を追う我が車列がカッコ良すぎる！

先導の白バイが左手の平を上に数度アップダウンすると、「加速するぞ」の合図であった。減速の合図は、左手の平の指を揃えて下にする。

しばらくは、スリル満点の白バイ先導の高速ドライブを堪能する。この日ばかりは、絶対にスピード違反で捕まることはない。そのことは、我がメンバー全員の思いだったはずだ。

やがて明治神宮の絵画館前の広場に到着すると、先着の白バイ隊の群れと各支部の大量のハーレーが集結している。その様子は圧巻の一言で、クラブメンバーとしての満足感を享受する瞬間でもあった。その後に続く式典の内容、誰が壇上に立って、どんな話を聞いたかまったく記憶にない。

まだまだ続くハーレー物語である。

30
ハーレーの後席に出前の幟をなびかせて

私の経営する墨田区向島の小梅通り「ステーキくに」の店前には、出前用のバイクが3台勢揃いしている。3台の出前機には、竹竿に色鮮やかな赤色の幟がはためいている。タテ40センチ、ヨコ60センチのこの幟には、「ステーキくに」の店名と電話番号が白抜きで表されている。この出前バイクが大きな威力を発揮して、出前の件数がグングンと急増しているのだ。

この下町地区は、人口が密集しており、比較的裕福な高齢者も多く住んでいる。また、マンション建設も進み、新たな住人が増え続けている。

気の利いた飲食店がない所へもってきて、この幟をなびかせた3台の出前バイクがそれほど広くはない町内を頻繁に往来するのだから、嫌でも人目を引く効果抜群であり、染め抜きの電話番号へ注文が入ってくる。これは出前バイクを使った驚きのマーケティング手法でもあった。

私は、愛車ハーレーにこの幟を付けて走行することを考えた。すぐ行動に移すのが私のやり方だが、竹の棒ではハーレーにはふさわしくないと思い、無線のアンテナを思いついた。早速、秋葉原の電気街に行ってみると、適当なアンテナがすぐに見つかった。

秋葉原の通りは、多くの若者で溢れており、駐車している我がハーレーに黒山の人だかりができている。そこへ「すみません、スミマセン！」と連呼しながら、やっとの思いでバイクにまたがる私をみなが注視している。

この日のライダーファッションは、黒の上下の革ジャンとズボンにロングブーツで、目立ちすぎたが、少しだけ気恥ずかしい。

バイクのエンジンをかける。人々の明らかなその羨望の眼差しは、以前の私が持っていたものなので充分に理解できた。

30

ハーレーの後席に出前の幟をなびかせて

「ドカドンドンドン」「ドカドンドンドン」とアイドリングさせながら、両手に革手袋をつけ終えると、右ハンドルの国産バイクよりかなり太めのスロットルグリップをわずかに手前に回し、それと同時に排気音が「ドッドッドッドドドーン」と高々に吠え上がり、スタート準備完了だ。

左足でスタンドを後方へ払い上げる。ここで群衆のみなさんに敬意を表し、笑顔で左手を軽く上げて挨拶を済ませ、左足でギアをローに入れる。右後方を振り向き、安全確認。さらに会釈をしながら中央車線に移動。エンジン音を高らかに上げて帰宅の途についた。

この瞬間を迎えるために、どれほどの年月をかけてきたか。プラモデルのハーレーで意識を高め、大型免許取得に膨大な時間と費用をかけた。慣らし運転のために、ホンダのナナハンを購入した。これらは過去のことではあるが、どれか一つが欠けていても今の私はない。

誰もが体験することができるわけではない、この瞬間を得たくてハーレーのオーナーになったわけではない。しかし、お金で買えてもハーレーには乗れないのだ。今日のような最高の気持ちを体験できたのは、これまで蓄積してきた努力に対してのご褒美とも思える。

31 出前用の金ピカ幟をなびかせ伊豆半島へドライブ

出前で大活躍の、鮮やかな赤に白字で店名を染め抜いた幟をハーレーの後席に立てたが、どうもしっくりこない。秋葉原で買ったばかりの、立派なアンテナとのバランスが悪いのだ。そこで、金色の房を幟の下部分につけることにした。これは良い。房の重さが重りになって、バランスよく、しかも威風堂々としたハーレー専用の幟に仕上がって、大満足である。

ただでさえ目立つこのバイクに、金ピカの幟を付けて街中を走ることに抵抗があるのは、私がまともな神経の持ち主である証拠とも言える。恥ずかしさが優っている。でも、これを装着して走ってみたい欲望が日増しに強く後押しをしてくれる。

「そうだ！　知らない土地へ旅して、思いっきり走ってみよう。よし！　この夢を叶えるぞ」

31

出前用の金ピカ幟をなびかせ伊豆半島へドライブ

そう心に決めた。しかし、心なしか従業員の冷めた目が気にかかる。

このハーレーという新しく加わった「おもちゃ！」に喜ぶ私には、もう一つの大きなおもちゃがある。それが日産のセドリックブロアムだ。1店舗の飲食店を経営する私には、ハーレーとセドリックブロアムはおもちゃの感が強い。少し自虐を込めた発想である。


さて、いよいよデモンストレーション決行の日。早朝の太陽は眩しく、爽やかな涼風が心地よい。時計は7時を少し回っている。目的地は、伊豆半島の突端まで行って帰る周回コースだ。このコースは、以前のヤマハの大型バイクでも走った経験のある、スリルに富んだコースだ。

高速道路の入り口で係員に激励され、幸先よく高速道路に入る。どの車の運転手さんも私のハーレーダビットソンに注目してくれている。

よくよく考えれば、とんでもなく注目されたいわけではないのだ。私は私の走行中の姿を見ることはできない。見たい欲求が湧いてくる。「ただでさえ目立つバイクに前代未聞の金ピカ幟をなびかせ走行する目的は？」と自問自答しながら、答えが見えてきた。

通常、ツーリングではライダーは行き交うバイクに左手でV字サインを送るのがマナーであり、当たり前に私もやってきた。これがとても気分が良いのだ。相手と意思が通じる瞬間、なんとも言えぬ連帯感を生む。だが、今日のツーリングはいつもと違う。向かってくるライダーのV字サインがないことに寂しさを覚えていた。格上のハーレーライダーの年齢が彼らよりかなり高いこともあり、親しみが湧かないのだろう。

無事帰着後、翌日のランチタイム以降に「マスター、見たよ！」と言われるお客様が数人いた。どの方も仕事で熱海や伊豆方面へ走行中に、このハーレーを認めてくれたのには正直驚いた。恐らくこの幟の効果であることは間違いない。

翌日のハーレークラブ総会の会場でも、この幟バイクの話題が出ていた。やはり、どこかで見かけたに違いない。

「私たちハーレー会員は、医者もいれば八百屋もサラリーマンもいる。ハーレーに乗って普段の仕事を忘れて楽しんでいるのだ」

そんな会長の言葉からは真剣度が伝わってくる。さらに会長は言う。

32

ハーレーでマーケティングの先駆け

「ハーレーを店の宣伝に使うことはやめてほしい」

この言葉にメンバーが無言で頷いている。

私はクラブメンバーを辞めることにした。ここまで来るのに莫大なお金と時間をかけて手に入れたハーレーを、私がどう使おうと自由じゃないか。若かった私は、この思いでいっぱいになっていた。

もとより心の内では、このハーレーはビジネスになると信じていたのだ。

ハーレーにまたがり孤独なドライブをするが、いつも後ろめたさがつきまとう。これって私の性分なのだと思う。しかし、この性分が、人生の後半に数々のビジネスに取り組み、多くのみなさんのご支持を受ける業態開発につながることになっていると思うのだ。

熱中しながらも冷めている冷静な自分がいるのに気が付いていてはいない頃の話が、今回のハーレー物語だ。

私は2022年8月に創業以来53年間も続けた経営者を辞任し、自分を振り返ってみる余裕も時間もできた。一方では、長い人生航路からの学びを基礎にして、近未来のライフワークにも取り組んでいる。

私はハーレー時代のこの頃からマーケティングに興味を持ち始め、実際にその考えを実践して、多くのお客様がご来店される下町の有名店となった。

私は、ハーレーを店の宣伝に使う後ろめたさの解消に向け、ポジティブに考えをまとめてみて、ホッと解放された気持ちで都内を中心にドライブを楽しんだ。そこに、私のこれからやるべき仕事が見えてきた。

金ピカの幟を背負ったハーレーダビットソンに慣れてきただけではない。みんなの注目が集まるこのドライブが、無意味な行動ではない確信が日増しに強くなっていく。つまり、これほど注目されるハーレーに、有力企業の広告を乗せて走ることを考えたのだ。

レーシングカーでは、「フジフイルム」「ソニー」「Marlboro」「セイコー」など、まだまだつきないほどの広告が車体を彩っている。それを見ると、我が

32

ハーレーでマーケティングの先駆け

ハーレーの広告効果に期待が膨らむのだ。

私は、一台のハーレーを広告塔として切り売りする方法を思いつく。先頭のカウル部分、左右のボディー、大きなトランク、極め付きはライダーのユニホームだ。ボクシングのトランクスにも、各スポンサー企業が協賛により社名を載せている。

このハーレーの広告出稿者を、当初はこのハーレーを使って募集する。現在、ビル上の広告スペースに電話番号を入れて募集しているのを見かけるが、それと同じ方法だ。

ハーレーのそれぞれのパーツ毎に価格を決め、一台全部の場合の価格も決めた。

これを具体化していくうちに、5~10台のハーレーが隊列を組んで走行する広告効果を考えるに至った。このアイデアを実行に移すことを考えると、居ても立っても居られなくなり、トキメキは最高潮に達した。

まずは5台のハーレーを購入し、大型免許取得者で容姿端麗のライダーを募集し、一台当たりの運行経費を割り出し、広告収入はどのくらいを見込めるか、それぞれを机上で組み立ててみた。この誰もやったことのない新規ビジネスの利益の大きさに我ながら驚いた。

同時に、「ハーレーを店の宣伝に使うことはやめてほしい」と言った、ハーレークラブ会長がこれを知ったらと思うと、胸がスカッとする思いだった。

33 現在の車広告

私はハーレーに乗る夢を叶えてから、寝ている時に見る夢の中にも頻繁に乗車シーンが出てくる。

夢の中で、私は大勢の視線を集めている。それは、ライダーも街行く人も含めて、ハーレーへの憧れがあるからで、ハーレーにまたがる私をカッコいいと見ているからだと思う。ただその方々は、私がどこの誰だか知る由もない。実は私の職業は下町のレストランのオーナー経営者なのだ。この金ピカの幟がはためくバイクを見れば、あの店のマスターが乗っているというのは嫌でも分かる。

33

現在の車広告

この超目立つバイクに自信を持った私は、次の行動を開始した。それは夢の中でのことだが、不思議なことに、夢の中の私は「これは夢ではない、現実なのだ」と確認までしている。

ハーレーが、10台以上の隊列を組んで高速道路を一路渋谷まで疾走している。先頭を走る私のバイクには、白バイを真似したと思われるライトが点滅している。しかし、赤色ではなく青い色である。白バイを意識したマイクとスピーカーも装着されている。これはとても便利で、バイク同士の連携時に直接会話できる優れものだ。

この隊列が直線に伸びて走行することこそ価値がある。または、2台ずつ横並び走行するのもかっこよい。

この10台以上のハーレーの特殊マフラーから発する轟音が近付くと、道を開けてくれる車も多く、これもまた嬉しい瞬間だ。それに気を良くした私は、手を振ってエールを送ってくれるドライバーに応えるのに、スピーカーが大いに役立った。

いつもは目立つ金ピカ幟を装着しているバイクであるが、この日は幟がない。10台のバイクには、日本の企業だけではなく世界の有名企業の協賛広告ポスターがペイントされている。ライダーの革ジャンの前にも後ろにも馴染みのある企業名が踊っている。

この隊列は、見られることを意識しての走行であるが、現代社会の奇跡ともいえる信じられない広告の隊列に私は大満足している。

やがて、隊列は渋谷で高速を降りて青山通りへ入る。この道路は「246」の名称で親しまれているが、ここを早々にUターンして、いよいよ渋谷のメインストリートへ侵入する。

道玄坂の行き着く先のスクランブル交差点を通り過ぎ、JRの高架下で一旦停車してアイドリング状態でキープする。バイクにまたがって待機の姿勢をとる先頭の私は、スピーカーから「下車するな」の指示を出す。私だけバイクから降りて、最後尾の山本隊員まで一言ずつ声をかけて喜びを分かち合う。もう一つ、私が下車した目的は、客観的にこの隊列を見たいためでもあった。

我が人生最高の瞬間でもあった。ここまで来る準備にどれだけの時間とコスト、知恵を使ったかを振り返る。

車道から一段高い場所を歩道が通っているが、その歩道が渋滞し始めていることに気が付いた。走行中の車も見物渋滞が起きている。この隊列の目的は見られることにあり、協賛企業のイメージ向上にも一役買うことになる。

しかし、一瞬脳裏をよぎる。警察官の姿だ。

34
株式会社ハーレー広告企画

月曜の朝、カーテンから漏れる太陽の光が、私の寝覚めを助けてくれる。今日も天気が良いことを確信して、布団の中で時計を見る。よく寝た。時計の針は10時をとっくに過ぎている。

休日の朝は、なぜか期待が膨らむ。いや、前日のほうが期待が大きいのは、休みの計画は楽しいことが優先になるからだろう。今朝は、夢とも思えぬ現実的な夢見に今日の計画を思い浮かべる。そうだ、夢を正夢にするための時間が必要だったのだ。

誰もいない店に入り、2階の窓際のテーブルに窓を背にして座ると、夢の続きが見たくなる。「株式会社ハーレー広告企画」の構想実現に向けて、これから作業開始となる。次から次へと浮かんでくるアイデアは、ハードもソフトも含め優先順位などお構いなしだ。片っ端から白紙に殴り書きをする。

その内容はこうだ。

自動二輪車の大型免許を持っている人を募集。ハーレーを10台購入。でも、購入資金はどうする？　広告を集める方法。ライダーの募集方法。ライダーの時給をいくらにする？　ボディー広告の費用を決める。広告ペイントをどこでやってもらうのか？　革ジャンユニホームをどうする？　どこで買う？　どの色を選ぶ？　そろいのブーツは？　そろいの幅広のベルトは？　手袋は？　保険はどうする？

などなど、思い付いたことを片っ端から書いて眺めるのだ。

書き終えて眺めていたら、思い付いたことがある。これが商売になるのかだ。商売で必要なことは、利益を出すことだ。広告主はいるのか？　その募集方法はどうする？　SNS全盛の現在であれば、知らしめることは簡単だが、当時

34

株式会社ハーレー広告企画

はそんな方法は考えられなかった。私はまず事業計画書の作成を最優先事項とした。

しかし、今の私であれば、目的と社会的な意義を明確にすることこそ優先せねばと思うのは、「あたり前田のクラッカー」だ。

バイクの価格とライダーの給料支払い、広告収入、月の可動日数、毎月の売り上げからすべての出銭《でせん》を引いて残りのお金はいくらになるのか？ バイクにカッコよく乗れても、この計算ができなければ会社経営はできない。いくつもの金額の入力をして、最後のボタンを叩き、答えが出る。なんと、大いに可能性があることが分かった。ビジネスとしてやっていける、大きな利益が見込めるのだ。

もう少しライダーの給料を上げてもいいなと思う。同時に、隊列の最後尾をライダー募集の広告に当てたら、募集費用が大幅に抑えられると思うに至った。

私はライダーを集める自信がある。自分もそうであったように、憧れのハーレーに乗りたい若者は心をときめかせて応募してくる。大勢のライダーが殺到したらと、「取らぬ狸の皮算用」をしている。ライダーから社員への採用も必要になる。この社員は、広告を取ってくることが重要な任務だ。

この広告会社のビジネスは、ほかに類を見ない独創的なものになりそうだ。

私はそう思うと同時に、こんな旨い話があるのだろうかと真剣に考え始めた。

35
社会的に意義ある仕事か

「株式会社ハーレー広告企画」の計画を進めるにあたって、初期投資はどのくらい必要か？　その資金の手当てはどうするのか？　ここまで考え、もし計画通りにいかないとしたら、それは何が起因しているのか？

1店舗のレストランのオーナーが考える、道楽の延長のような考えを自問自答する時間が、バイクで疾走する時間よりも長くなっていた。ハーレーを広告宣伝の道具に使うという、誰も思いつかない計画だからこそ、人にも相談もできない。相談しても私の助けになる返事は返ってこないだろう。

「私は自分を信じて生きる男です」

この一文がクローズアップされる。

35

社会的に意義ある仕事か

42歳のころ。警察のパレードに参加中。信じられないくらいのカッコよさ。

この言葉は、アメリカ発のゼミに参加して私が述べたポリシーだ。このゼミは、卒業までに半年以上を要するもので、人生のあらゆる場面で主体性を持って対応できるようになるための学びの場であった。このゼミでは、仲間の承認を得られないと先には進めない厳格なルールがあったが、「自分を信じて生きる男」という私のポリシーは、全員の承認を得たのだ。

このハーレー広告企画は、ビジネスとしてどんな時に壁にぶつかるのだろうかと、もっと深掘りした。広告主からの依頼がない、ライダーが集められないなど、広告会社サイドの問題で瓦解するようなことは考えていなかった。それより大きな壁は、法的な問題だった。

当時は高度経済成長期の真っ只中であり、今とは違って道路事情も悪く、幹線道路は渋滞が日常化していた。私は道路の使用についての予備知識はまったくなかった。しかし、広告会社のハーレーが10台も隊列を組んで走行したら、当局が黙っていないだろうと自問自答した。答えは明白だ。ハーレーの広告会社の利益のために公共の道路を使うことは、どう考えても無理があるという結

35

社会的に意義ある仕事か

論になった。

私は、この結論に至った数日後に静岡県へドライブし、もがき苦しみながらやっとのことで自宅へ帰り着き、翌日から40日にも及ぶ入院をした。この入院にあたり、私の店を一旦休業することを決めた。しかし、全員の熱意により、営業を続ける決意に変わった。そして、退院すると、みなが驚くほどの成長をしている。そこで、このレストラン経営に全力で取り組むことにした。

これを機に、私はバイクを手放す覚悟を決めた。

その時をもって、「バイク人」としての人生を卒業したが、幸いにも転倒による事故もなく無事に終えることができた。バイク人としての貴重な体験は、その後の人生をより豊かにするきっかけになっていると思いたい。それは、やると決めたらやる。思い描いたことは実現できるという人生なのだ。

あれから20年以上が経過した。車を使ったマーケティング手法は大きく様変わりしている。トラック一台が荷台に宣伝用のデコレーションパネルをラッピングして、通行人だけに広告を見せる目的でノロノロと繁華街を走行している。また、原付バイクにまたがる女子が派手なユニホームで隊列を組んで走行し、人目を引いている。
でも、私のあの時の判断は間違っていなかったと思っている。「私は自分を信じて生きる男」だからである。

36

奇人変人を生んだ火箸事件

私は少し変わっているようだ。変人なのだ。バカと利口は紙一重とまで言うと、印象は良くない。第一、これでは危険な男と思われてしまう。私は変人だが、極めて善良な男である。

私は戦中生まれだが、この変人の歴史を遡ると、懐かしい思い出もあるが、恐ろしい思い出が二つ、三つ思い出される。

私は、母存命中の幼き頃から青年になるまで、あらゆる思い出を鮮明に記憶している。その一つが、母との会話だ。茶の間で話が弾んだ後、布団に入ってもなお見えぬ空間を見つめながら、話が尽きない。

どちらが先かの記憶はないが、母からの応答が曖昧になってくる頃になると

36
奇人変人を生んだ火箸事件

(いや、私かもしれないが!)、深い眠りに落ちていくのだ。翌朝、母から「邦夫はよくそんなことまで覚えているね」と言われる。

よちよち歩きの頃のことを鮮明に覚えている。母は、2~3歳の記憶などないと思い込んでいるようだ。

疎開先は富士郡富士根村字滝上で、文字通り富士山頂が眼前に聳え立つ。夕闇迫る頃、その富士を背に、はるか下界の一点を見つめる私に叔母が声をかける。

「邦夫ちゃーん、お母ちゃんのこと考えているだね!」

この叔母には2人の男の子がいる。

ある日、芋の苗を育てるムロの中で遊んでいた時のこと。その従兄弟の義雄ちゃんが私に声をかけてくれた記憶は鮮明であるが、突然彼は、30センチもある鉄製の火箸を私目掛けて投げてきた。火箸は私の脳天に突き刺さってしまった。痛さと驚きでベソをかいた私だったが、刺さった火箸をぐいっと引き抜いてくれたのは、投げた義雄ちゃんだった。

この火箸事件が、私の思考回路を変えてしまうことにつながっていると信じている滑稽な私がいる。

磁石の働きでぴたりと揃う箸を思いついたのは、20年も前の60歳頃のことだ。この頃は、中国製の割り箸が大量に輸入されており、それがあちこちで社会問題になっていた。割り箸を使うには割る動作が必ず必要になる。「だったら割り箸でなくても、磁石の力で箸をくっつけ、割り箸のように2本を1組にしておいたら?」という発想が原点にある。これが真実ではあるが、この発想はあまりに滑稽であり、簡単に論破されてしまう。この発想が大義であったとしたら、馬鹿げていることになる。

確かに、割り箸の大量輸入の社会問題の後に、プラチックの箸が大量に出回った。この繰り返し使える箸は、ごく短時間で受け入れられていったのだ。

私はこのプラ箸のメーカーに、磁石入りの箸を作ってもらった。誰も磁石の力でぴたりと揃う箸を必要としていないが、この常識を変えることに挑戦しようと考えた。

磁石の力で箸が付かなくても、困る人はいない。しかし、このぴたりと揃うことによって、誰かが恩恵を受けるのではないだろうかと真剣に考えた。

世の中の当たり前を否定するのは、大変な時間を要するのだ。

「なくても困らないけどあれば助かる」のが、磁石箸なのだ。

37 幻の「自動磁石装填箸製造機」

磁石箸は、世界に存在しない特別な箸である。

日本人なら、箸がぴたりと揃うのは歓迎されるマナーでもある。

私の悪い癖かもしれないが、この誰もやったことのないぴたりと揃う磁石箸の完成に歓喜した記憶が蘇る。常にカバンには、数膳の高級な漆塗りの磁石箸を入れておいた。みんなに見せて、知ってもらいたくて仕方なかったのだ。感想も聞きたかった。プレゼントされた方は一様に驚かれ、笑顔で感動してくれることに大きな自信を持っていった。

それからが損得勘定に発展する。

いったいこの箸が流通して販売できる体制になったら、どのくらいの数が必要になるか？　さらに、どのくらいの利益をもたらすか？　実に楽しい机上の計算に、心がときめいていた。

箸屋に売りに行っても冷たい対応。大手のグッズ売り場にも置いてもらえない。しかし、私が種まきをした方々の反響は素晴らしい。

香港の見本市へ社員を伴って出品したが、3日間で成果はまったくなかった。

一方、この箸が売れ始めたら、箸に磁石を装填する作業に時間がかかり、大量生産はできないと判断して、「自動磁石装填箸製造機」の開発に着手した。そして、多額の費用をかけて完成させた。しかし、磁石箸の販売は軌道に乗るどころか、その前にこの箸にかける私の情熱が冷めていくのを感じていた。


そこから数年が経った。忘れられない磁石箸への情熱が再燃してくる。そして、また冷めていく。この繰り返しで、とうとう20年も経過してしまったのだ。

昨年2022年8月、創業以来50年余り勤務した会社を退職するにあたり、再びこの箸への情熱が持ち上がってきた。というよりも、従来のやり方が正しかったのかと検証をしてみると、まったくなっていなかったことに気が付いた

37
幻の「自動磁石装填箸製造機」

のだ。この箸を販売するのには、戦略を持たねばならないということに気が付いた。

まず、どんな優れた商品でも、知ってもらわなければ売れない。私は、その知ってもらうために、どんな方法で取り組んできたか？　いつものことだが、商品に自信過剰な私は、口コミに期待することしかなかった。

10人の人に「この磁石箸と普通の箸とどちらが好みですか？」と質問すれば、少なくとも半分以上の方は「磁石入りが便利だ」と言ってくれる自信がある。10人のうち2〜3人は、少なく見積もっても買ってくださると思う。この考え方の理論が正しく実証されるためには、いかに知ってもらう努力をするかにかかっている。だから、新たに販売戦略を組み立てる必要がいる。

そのため、ギフトショーへの出店を決めた。そして、出店したからには、どのような方に、どのような方法でアピールするのかが重要になる。人目を引くポップ、説明書、現物の陳列、さらに「一瀬邦夫のホームページ」の作成も必須になる。画像を通して磁石箸の優れた使い勝手もアピールすれば、さらに注目される確率は高くなる。

38

モノが溢れた時代の買い替え需要喚起

磁石入りの箸は、なくても誰も困らない。誰もが「こんな箸があったらなぁ」と思ってもいないのだから。

「知ってもらう努力」と「販売につなげる努力」をするには、人間の心理を綿密に十分に理解することが重要になる。ぴたりと箸が揃うことに価値を見出してもらえれば、従来の箸との差別化に気が付くと思う。

子どもの頃、野良仕事に出て、箸を忘れたことに気が付き、木の枝を切って箸にした記憶が蘇る。したがって、箸はただ長さを揃えた2本の棒であっても事足りる。実にシンプルであっても良いのだ。

その箸に、素敵な魅力を施して付加価値を高めることで、箸の業界が隆盛を極めてきたといえる。箸の仕上げに対する差別化を図ることで、価値を創造してきたのだ。しかし、言い換えると、その使い勝手という機能面においては、大昔と現代の箸とを比べても何ら変わってはいないことに気が付く。

38

モノが溢れた時代の買い替え需要喚起

この気付きを疑問視した人は、恐らく皆無だろう。

箸とは、シンプルな2本の棒なのだ。

現在は飽食の時代と言われ、あらゆる物が普及しており、何不自由なく生活を営めている。この資本主義経済は発展を遂げ、現在に至っているが、そこに箸を磁石で揃えるという付加価値をプラスすることで、新たなウォンツとニーズが起こり、買い替え需要を喚起していく。新たな発明・発見が経済成長の原動力になっていくメカニズムは健在だ。

恐らく、各ご家庭では、使い慣らした箸を長年使っておられる方も多いのではと思う。複数のご家族がいっしょに生活する家では、箸の保管はどうなっているのだろうか？　自分の箸箱に常に入れている方は、ごく少数派であろうと思う。

食事の後は、洗わなければならないが、洗浄後の箸は箸立てに銘々が差し入れているケースが圧倒的に多いのだと思われる（これについては、数名から箸の保管について聞き取りをした）。それでいながら、各人が自分の所有物としての箸を決めている。従って、箸立てから、バラバラに差し込まれている2本の自分の箸を取り出す手間がいる。こうしたケースが多いのは明白な事実なのだ。

この面倒な作業を食事の度に、何の疑問も持たず繰り返しているのだ。

もし、自分の箸が磁石の力で一つになっていれば、この手間から解放されることになる。しかし、この無駄を取り去ることを問題にしている人はいない。

日本人の極々少数の方からご意見をいただくことがあるが、磁石箸の機能面の付加価値に今さらながらに驚き、この心理を読み解くために多くの文字を使った。

私は、この磁石入りの箸の発明にあたり、家庭の箸の収納状況までは考えはしなかった。この箸の機能面は真に優れている。この原点に帰って考察していくことにする。

39

まだまだあるぞ、磁石箸の活用例

「必要は発明の母」

これはあまりにも有名な言葉だ。

しかし面白いことに、いや実は何も面白くはないが、この磁石の力でくっつく箸を誰も必要としていないことに、私は発明してから気が付いたのだ。

磁石でくっつく箸は常識では考えないわけで、常軌を逸していると言われても仕方がない。にもかかわらず、この常識に叶わない箸を発明し、製品化して20年も経っている。

普通の人なら市場に受け入れないと分かったら諦めると思うが、私には諦めきれない理由がある。

果たしてこの20年間、どのように販売の努力、つまりは世の中の人々に知ってもらうための努力をしてきただろうか？ その努力をやり切っただろうか？

実は私は、本業の社長業が忙しいことを理由にして、やめてはやっての繰り返しをしていたのであった。つまりは、心残りがあるのだ。

私はこの磁石箸の可能性を心から信じている。これってすごい箸なのだ。誰も思いつきもしない大発明だと信じている。その信じる力が挑戦する源となっている。

ここで、この磁石箸の活用例を挙げてみたい。

日本人の美意識として、食事の行儀の良さがある。当たり前のマナーは、箸を箸置きに揃えて置くことだ。ここで無頓着に箸が揃っていなかったら、食事の同席者はどのように感じるであろうか？　箸はいつも揃っていた方が、好感がもたれるはずだ。

この磁石箸の特性が、そのマナーをサポートしてくれる。

茶の湯においても、箸を揃えて置くのは当たり前なので、ここではあえて茶の湯の箸使いには触れない。

レストランの宴会では、お客様が来られる前にテーブルセッティングにおいて箸を揃えておくのは「当たり前」であるが、キチンと揃えるには時間がかかる。しかし、磁石箸であれば、効率よくストレスなく作業を終えることができる。

「マイ箸は、愛の架け橋エコロジー」

このフレーズは、私が20年前にエコに貢献できると思い、マイ箸を持つことを広げる努力をした頃の標語である。

最近はマイ箸を持つ流行はなくなってきたが、ＳＤＧｓの叫ばれる現在の社会に、もう一度「マイ箸ブーム」を呼び起こすきっかけになるのが、この磁石箸の役割ではないかと考えている。

２本の棒である従来の箸よりも、最先端のテクノロジーを駆使した磁石箸のほうがまとまりも良く優れている。そんな認識を広めていくことに挑戦したい。

まだまだある。飲食店でもご家庭でも、テーブルにお箸を揃えて置くことは当然である。しかし、配膳作業で大人数の箸を揃えて置くことはストレスにもなるし、神経を使うものだ。

だから磁石箸は、利便性に富んでいる。このことはすでに前号で述べた。

一方、食後の食器の片付けで、箸が乱雑に置かれているのを見かける。真っ先に片付けるものが、箸からという方は多いと思う。片付けのコツを考えると、同じ形状を揃えるのが効率的であるからだ。その邪魔をしないように箸から片付けるのは、私の経験からも立証されている。

その際に、磁石の力で一つになる磁石箸は、片付けの効率性の点で優っていることは明白だ。

近年は、まだ箸使いができない幼児のために細工を施した箸もある。ただ、私はあくまでも外観にこだわりを持ち、その内包されている機能に価値を付けたいのだ。

この磁石箸は、その機能面から便利な使い勝手の良さを売りにしてきた。しかし、日本文化を代表する色とりどりの箸は、普及品から高級品に至るまで多種多様で、贈答品としても喜ばれている。贈答品は世の中に溢れるほどあるが、「贈って嬉しい」「いただいて嬉しい」、しかも世にも珍しいこのぴたり箸を贈答品とすれば、各種祝い事には重宝されると思う。

例えば、「夫婦箸」などとして、結納の返礼品、結婚式の引き出物として贈る。結婚式の後、お帰りのお客さまに花嫁さんから一言添えておみやげにしても喜ばれる。

しかし、この結婚式の引き出物としては、磁石入りの夫婦箸は小さすぎるようだ。引き出物は、大きくてカサがあるものが優位であるとの意見を多くいた

39
まだまだあるぞ、磁石箸の活用例

だいてきた。

この引き出物のアイデアは、現在に至るまで実現に至ってないが、近年の引き出物は大きく様変わりしている。カタログギフトが全盛になっているのだ。招待者は、一部の記念品だけいただき、主になるものはカタログから選ぶ。であれば、このカタログに磁石箸を掲載するという販売の方法もある。また、ぴたりと付く特性から、「寄り添い箸」のネーミングをつけた販売戦略もある。

浅草は観光地として隆盛を極めているが、縁結びの神社・仏閣も数多くあり、観光で来られるカップルがお参りした後、おみやげ売り場でこの「寄り添い箸」が置いてあれば、購買の動機に結びつく。

おみやげ売り場のほとんどに、従来の箸は置いてある。ここで「寄り添い箸」に気が付いて、買い求められることにつなげたい。さらに、全国の観光地のおみやげ売り場にも、この磁石箸が置いてあるのが普通の光景にしていきたい。

40

磁石箸に援軍あらわれる

私が磁石の力で一つになる箸に注力をしてきたのは、その可能性を信じて疑わないからであった。各ご家庭にある箸と差別化され、利便性、話題性も含めて買い替え需要が起きると信じていた。その本数はアバウトではあるが、机上で計算していた。そのような買い替え需要が起きるとなると、この箸の製造過程で磁石を装填する際の人為的な作業が大きな負担になる。職人が手作業で作るにも限界を感じていた。

そんな時に、私の前に現れたエンジニアがいた。私がＣＰＳと命名したＣ社の社長で、自動スープ製造抽出マシーンの特許を取得し、大々的に売り出す計画を持っていた。このＣＰＳに、この磁石箸の大量生産の相談をしたのだ。

ちなみに、このスープマシーンを私は気に入って、ペッパーランチのポタージュの提供の切り札として採用を決定し、数台を店舗に配置した。この私の導入の判断は、スープマシーンを完成したばかりだったメーカーのＣ社を大いに

40

磁石箸に援軍あらわれる

喜ばせた。C社は、売り出し中の急成長企業で、ペッパーランチの各店の標準装備品になることを夢に見ていただろう。

ひと月も経過してないうちに、C社から100台を発注してほしいとの依頼がきた。まだ全店に入れるかの検討は先のことではあったが、C社から、「ペッパーランチからの発注を銀行に見せることによって、このスープマシーンの可能性を感じてもらい、銀行融資を引き出すことができる」と言われた。先方は、「形だけですから、本当に買ってもらわなくてもこの契約書に印鑑をお願いします」と言う。私はその通りにした。

ところが、その数カ月後、C社は経営に行き詰まり、他社に売却された。売却先の会社から、「マシーン代金が未入金なので支払ってほしい」と、性急な催告を受けることになった。一台30万円の100台分で3000万円である。これがその後、私の会社の重荷になっていくことになる。

このような結果はともかくとして、発明家であるC社の社長にお願いして、磁石箸を製造するための自動磁石充填装置のオートメーション化に舵を切ったのだ。

設計図完成までに2カ月ほどかかり、いよいよ完成したが、肝心の箸のほうはまったくと言っていいほど売れていない。というよりも、売る行動に出ていないと言ったほうが正しい。

この自動磁石充填装置は、箸の材料の木板と磁石を装填することで、板が箸の形状になり、磁石が装填されて出てくるという夢のような機械なのだ。数秒で1本ずつ、白木の箸が出てくる。これに仕上げの加工をして完成品となる。

このマシーンを中国に持ち込んで製造することも考えた。新たにカウンターも追加して、その日の製造分を明確にして、不正持ち出しもできなくした。

この設計費用に500万円もかかったのに、箸の製造が幻のごとく消えてしまうのに時間はかからなかった。

それから20年の歳月が経過した現在、再度この磁石箸にかけるためにギフトショーへの出店を決めた。そして、当時の熱い思いを蘇らせたいと思っている。その名も「寄り添い箸」と改め、この箸の普及に努めていくことにする。

その決心をした直後に、日本有数の箸製造の老舗会社から待ったがかかった。この「寄り添い箸」の商標権を取っていたのだ。

決め事を守る
基を正せば
先が乱れず

41

一瀬邦夫クッキングアカデミー

ここは、アメリカ大使館の大使公邸だ。この日、アメリカの独立記念の式典が盛大に行われている。本来は7月4日であるが、コロナ第7波の影響によりやむなく順延、10月19日の実施となった。

この恒例のイベントには、日本人も含め各国から大勢が招待され、高層ビル群に囲まれた虎ノ門の超一等地に設けられた贅沢な中央ガーデン会場は大盛況である。

私は外の様子を気にしながらも、邸内で昵懇の間柄である大使館のKさんと親しく談笑中であったが、私の話をすぐ隣で聞いておられた紳士がいた。

その方の一言が、私の使命感に火をつけた。

Kさんからの「今後どうするの?」との問いかけに応じた、私が話している内容をその紳士は聞いて理解されたようで、「それうちでやりましょう!」と言われた。

41
一瀬邦夫クッキングアカデミー

ここでKさんから、その方の紹介受けたのだが、アメリカの農産物を大量に、しかも日本一使用した功績により、殿堂入りをしたという私との共通点があったのだ。

そして、この話はとんとん拍子に進んで、私の構想する「一瀬邦夫クッキングアカデミー」は実現することになった。

この紳士こそ、日本の料理教室の草分け的存在であり、60年も継続している料理教室の理事長であった。

当初の私の構想とは、どこかの料理教室をレンタルし、ご家庭での美味しいステーキの焼き方を指導する。生徒さんが焼いたステーキをお皿に盛って、ワイン、サラダと共に召し上がりながら楽しい時間を持っていただくという、まったく新しいコミュニティー作りだった。

それを「一瀬邦夫クッキングアカデミー」と称して、生徒さんの募集、会場の設定、食材の調達、カリキュラムの準備、スタッフの採用も考えて、会費をいくらにするか等々の途上の話をしていたところ、理事長の耳に入って、即断即決されたのだ。

私は昔からある言葉を思い出した。幸運、ラッキーを表す言葉である。

「渡りに船を得る！」

私も「即断即決」で、心は決まった。この後、この特別教室の担当の方を紹介され、数度の打ち合わせの後、3カ所の料理教室が決まった。


料理教室でステーキ&赤ワインが出されるなんて、前代未聞のことだろう。「いきなり！ステーキ」前社長の考えを、全面的に受け入れていただけたのだ。

私にも、集客に協力してくれるよう依頼があった。しかし、各教室は募集の翌日には、定員28名が満席になったとの報告を受けた。こうして池袋校・銀座校・横浜校の日時が決まったのだった。

実際の料理教室では、最初に私が30分の話をした後、デモンストレーションとして、私がフライパンでステーキを焼いて、生徒さんに一口ずつ試食していただいた。

その後、いよいよオーダーカットに移る。お並びいただき、生徒さん一人ひとりの注文通りにお切りする。

41

一瀬邦夫クッキングアカデミー

そこで改めて、ステーキをご家庭で美味しく焼ける方法を指導することになる。

その後、生徒さんは、私が指導した通りに焼き始める。生徒28名は前半と後半に分かれ、まず前半の14名から焼きはじめる。

すると、「先生、先生、先生」のお声が、あちらこちらから聞こえてくる。

それにお応えしながら、14名のフライパンを見て適宜アドバイスをして回る。

「美味しそうに焼けましたね！」

「もっと表面を色良く焼いたほうがいいですよ」

「仕上げのバターが全部溶けないうちに皿に盛り付けます」

「このフライパンに残ったソースはお肉にかけてください」

などと、いろいろなアドバイスの声をかけるのがとても楽しいことに気が付いた。

みなさんはご自分で焼いた初めての厚切りステーキに期待も膨らむであろう。ワインを飲みながら、さながらステーキパーティーのようになる。

最初の私と初対面の緊張もどこへやら。生徒さん同士も、コロナ禍のときだったので黙食を基本としながらも、和やかな雰囲気が伝わってきた。

私は、この方々が、きっと「いきなり！ステーキ」に行ってくださることを期待する。店舗との相乗効果も、このスクールの意義の一つになると確信が持てた貴重な時間であった。

42 タバコ迷惑論

久々に、銀座でハシゴをした。

一軒目は食事主体で、選んだ店は友人が招待してくれた。2023年は卯年にちなんでバニーちゃんのいる店にしようとの計らいだった。

このお店は、銀座の老舗クラブが1年ほど前にオープンさせた店で、和をモチーフにした、とても落ち着いた店だった。

でありながら、バニーちゃんたちは美しさを強調するがごとくに目元バッチリのお化粧。マスクをとって顔を見たい衝動に駆られるのは、私だけでないはず。

42

タバコ迷惑論

いずれもマスク美人揃い！　相方も男であれば、同じ心理でないわけがない。すらっと伸びたおみ足に、編みタイツにハイヒールがとてもよく似合う。

今晩は、極めて寒い夜。入り口のドアにメンバーズカードをかざすと、音もなく広めの重厚なドアが開く。

ご機嫌な抑揚の挨拶で、バニーちゃんが迎えてくれる。まだ寒さの残る体に、背中まる空きの水着姿。思わず「寒そー」と口には出さず、優しい気遣いが芽生えた。

2人揃ってビールで乾杯。次々に提供される和食のコース料理に、嗜好がワインへと移っていく。よく冷えたシャブリが、温まった体に心地よく、食との相性も素晴らしいと感じつつ、サイドテーブルに自然と目がいく。

それぞれ銘柄の違うウイスキーが4本鎮座。ミネラルウオーター、氷塊、グラス、マドラーが用意されている。

相方も私もこのクラブのメンバーなので、コースターの色もお揃い。相方が、私の紹介で入会後、大いにここを活用してくれているのが嬉しい。しかも、ご自身のお誕生日招待カードの「同伴者一名招待無料」を私のために使ってくれている。招待者に選ばれて、その晩はとても幸せを感じていた。

やがてシャブリも底を突き、さて次は……。

少しの時間考えて、私の「山崎18年」をオンザロックでいくことに。

香り高きウイスキーの王道がオンザロックであろうと意識を高くし、すぐに空のグラスに注ぎ、数杯飲み終えて、今夜はご馳走様となった。


その後、久々のハシゴとなった。この寒空にドレス姿のママさんらしき方が道路までお迎えに出ていて、熱心さが伝わってくる。

その店に入ると、小さめのテーブルが3つとカーブを描くカウンターに6席あるだけの、小さなスナック（ミニクラブ？）だった。店内は、すでに酔いの回った客の勢いがみなぎっていて、大きな声が耳障りだ。

間もなくすると、カウンターの突端に一人で座っていた男性。一瞬、照明の落された店内のその席がパーッと明るくなった。見覚えのあるマッチの明かりだった。

久々にタバコの香りを嗅ぐ。

戸惑いを隠せない私。今時、銀座の高級店でタバコが吸えるのだとは信じられない。私はママさんに言い付ける気持ちで、持論であるタバコ迷惑論をぶつけた。

しかし、そのタバコ男は常連さんのようで、ママさんが困った顔で詫びる仕草がかわいそうな気持ちになった。

しばしの我慢だ。私は、相方にもタバコ迷惑論を語りかける。それもタバコ男に聞こえるほどの声量で。やがて、またもやポッと火がついた後に、ホワーンと煙る。大嫌いなタバコの煙だ。

タバコをやめてほしいと思いながら、自分もどれだけ人に迷惑をかけてきたのかと振り返る。相方はカラオケに興じているが、私は過去を回想していた。

43

決意とは自分との約束だ

私の決意は、永続性があると思いたい。

仕事面では、27歳で創業してから53年間も第一線で外食産業の経営者をやってきた。

振り返ってみると、社内報を25年間、３０４号まで自分自身で壮大な決意でやり切って、会社を退職している。日記も25年以上、計画実行実現記録帳も同様だ。私小説も１２０回連載している。

「ステーキを楽しく食べる夕べ」は、１１０回でコロナの影響で中断を余儀なくされた。

特に社内報を発行し続けることに一生懸命となり、自分自身に社内報の継続決意の表れとして、厳しく呪文のように「出せない時があれば倒産するぞ」と言い聞かせてきた。それもあって、退職までやり切ることができたのだ。

この継続こそが、会社の大躍進と大いに関連があると思っている。

「人が見てない時の行動がその人の価値を高める」

「決意とは自分との約束である」

ほかにも自身に言い聞かせるがごとく、名言の数々をものにした。

店長会議も社長道場もフランチャイズ会議も、欠かさず継続できている。

43

決意とは自分との約束だ

思うにこの継続する意志の力は、恵まれた健康の賜物であろうと思う。

創業間もない35歳頃から自分に課して、現在まで続いている定期的な運動メニューを持っていて、この45年間、ブランクなしに、自己の使命感として取り組んできている。どうして運動を始めたかというと、「悪い病気にかかりたくない、それには運動が一番良いのだ」と自己暗示をかけたからだ。身体が病気であれば走れない。走っている自分は健康である。このように信じて、毎日、夜も日課にしていた。

始めた頃は、千葉県の野田市山崎に住居があり、深夜自宅に帰ってから、3キロ前後のジョギングを毎夜の日課にしていた。それも飲食店のコックとして1日に10時間以上も働き、通勤に往復3時間もかかっていながら、夜のジョギングは続けていた。よく続いたと思う。体を酷使してヘロヘロになってしまったことも経験している。

現在は、数年前から週に2度のジョグウオークとストレッチ、筋トレを継続している。この運動が習慣になっている。

以前は、走りたくない時に発した言葉に「御礼走り」がある。これは健康に感謝する意味で、走れることに感謝をした言葉だ。この定期的運動が身体に良いと信じ切っている。何はさておいてもやらないと気がすまないので、外に飛び出していく。

誰もが運動は身体に良いと分かっていても、中高年になると運動を習慣として継続することがむずかしいようだ。

毎日必ずやるのが「いきなり体操」だ。これはYouTubeでも公開しているが、毎朝、洗面前に鏡に映る自分の顔に笑顔で挨拶すると同時にやっている。風呂に入れば、じっと浸かっているだけでは退屈だ。肘と足で体を支えて腰を右、左に捻る運動を20回やっている。この運動のおかげで、腰も関節も痛くない生活が送れていると信じている。

運動を継続している自分への褒美は何かというと、決意とか使命とか大袈裟に考えなくても、これからも運動を継続できることであり、健康であり、脳力を発揮できることだろう。

Calligraphy Collection 07

努力一生
己の好感度
を磨こうね

44

10円コインの思い出記録

日本国の10円硬貨は、昭和26年に製造された。

私は11歳であったが、終戦後、巷では傷痍軍人さんの姿をよく見かけた。母と省線電車（ＪＲ総武線）に乗ると、白衣を着て戦闘帽を被り、募金箱片手に松葉杖を付いた元軍人さんの痛々しい姿をよく見かけたが、子ども心にも、なぜか乗客が冷たい視線を送っていると感じた。募金箱にお金を入れる姿は、滅多に見ることがなかった。

そのような環境の中で、街には「バラック」といわれる簡易住宅がどんどん建てられ、戦後の復興の目覚ましい状況を幼い心が記憶している。

私たち幼児の楽しみに紙芝居があった。キラキラ光る出たばかりの10円玉を握って出かけ、紙芝居を見た。紙芝居のおじさんや幼友達との間で交わした会話の内容は覚えてないが、この硬貨の刻印が「昭和26年」であったことが、強い印象として残っている。

その後も、数年間は母からもらう小遣いは10円硬貨で、その枚数が多くなっていったが、１００円硬貨に置き換わったのはいつの頃であったか、まったく記憶にない。

それから十数年を経て、昭和31年になると「もはや戦後ではない」の言葉をよく聞くようになり、同時に「戦後復興」の言葉も聞かなくなっていった。

すごいことだと思ったのは、東京駅に完成した丸ビルだ。遠足で見学した私たちは、目を見張った。そこから数年間は、この「丸ビル何杯分」と巨大な計りの単位となったが、霞ヶ関ビルの完成後は「霞ヶ関ビル」に取って代わり、その後は「東京ドーム」が計量単位となり、時代の変遷を感じさせてくれる建造物が続々と誕生していった。

そのような中で変わらないのが、昭和26年の製造から平成、そして令和５年に至るまで現役で流通している、10円硬貨なのだ。発行当時と比べれば10円の価値の変遷はあるが、同じデザインが今も流通していることに、ある種の感動を覚える。

人は記憶と共に思い出多き人生を歩んできたと言える。誰にも記念すべき記憶、思い出がある。

この長く流通している10円硬貨の発行年の刻印を、思い出を蘇らすことのできるツールにしてみた。誰にでも記念日はあるが、その思い出を振り返ることなく年月が経過すれば、その記憶は曖昧になり、薄れていくばかりだ。

そこで、現在まで不変の10円硬貨を発行順に並べて、その下に各種の記念日を記入するスペースを設けてみた。これを「コインの思い出記録」として活用することを思い付いたのだ。

コインを集める達成感、思い出を振り返る楽しみ、記録としての楽しみなど、家族や友人との語らいに「思い出」がどれほど重要であるかが認識される。

台紙の丸くコイン大に抜かれた部分に、同じ年号が刻印された10円硬貨をはめ込んでいく。最初のうちは面白いように埋まっていくが、途中からなかなか集まらなくなるからか、かえって面白い。そして、毎日のように手にする10円硬貨に、関心が増していくことになる。

この硬貨の下欄に引かれたライン上に自分の記念日を思い起こして記入して

44

10円コインの思い出記録

いくことで、その記念日の記憶を鮮明に呼び起こすサポートとなる。
子どもさんのいるご家族では、お金に対する意識も変わり、10円と言えども
その価値を見直し、大切にする情操教育の効果も見込める。家族での会話も増
える。お互いに協力して、全部が埋まった時には大きな達成感も味わえる。
この「コインの思い出記録」を発行するにあたり、これが果たす役割につい
て以下に書き添えてみたい。
「お子様、ご家族の記念日の記録・記憶に役立つ」「幼稚園から大学卒業まで、
卒業の記念品として渡す」「企業の創業設立、各種記念行事の際の配布資料」
「企業の広告を入れたノベルティとして活用」「コインの収集業者の配布ツー
ル」などである。
私がこれを思いつき、形にしてから十数年の年月が経過しており、その間に
新たな刻印のコインが誕生し、台紙に収まり切れなくなってしまった。

45

腰痛持ち3000万人のみなさんへ朗報です

最近の報道によれば、国内に3000万人にも上る腰痛患者がいると聞いて驚いてしまったが、さもあらんと、私も腰痛に苦しんだ十数年前を思い出していた。

私は、81歳になるが、今は腰痛はない。ただし、腰痛になるかもしれない予兆を感じることは時たまある。

以前の私は、腰痛が酷くて真っ直ぐにサッサッと歩けないで、膝を折って前屈みになって歩いていた。会議の席などでも、座っていても脈の鼓動が痛みに重なって、ドキンドキンと痛んでいた。

こんな私を見て、「内臓がどこか悪いんじゃないですか？」と心配してくれる社員もいた。

そんな私が医者へもかからず、痛み止めの治療薬も飲まずに腰痛を完治させてしまったのだ。が、当時70歳になろうとしていた頃で、この腰痛を歳のせいにしたくなることも、ないではなかった。

現在、テレビ、新聞の広告で最も多いのが、痛みを和らげる類いの医薬品であろうと思う。

腰痛、膝関節の他に、痛みを和らげる薬は、多種多様のものが販売されている。この3000万人の方々の購買意欲に支えられているのだろうが、薬を飲まずに腰痛を治した私の方法を、多くの方にお試しいただきたいと思ってこれを書いている。

腰痛も関節痛も、適度な運動をし続けることが重要なことだ。

私の毎朝のルーティンに、洗面所で自分の姿と向き合いながら行う体操がある。名付けて「いきなり体操」。これは、YouTubeで「一瀬邦夫」と検索すると、見ることができる。

背筋をピンと伸ばして、最初は両手をパーで、次がグーで、上、下、前、斜め上、斜め下へ、背筋を伸ばして、両足はスクワットをするようにして、同時に屈伸運動になり、膝と太ももにも負荷をかける。朝イチに適した軽度の体操だ。

この体操は簡単で、30秒もかからない。私はこれを毎朝やると決めていて、腰痛の予防には良いと思っている。

「腰痛の治し方」をGoogleで調べてみたが、治療の広告が多く見られた。私の方法は、どこにも見当たらない斬新な方法といえる。斬新と言っても、私自身が編み出して数人に話したことはある。

腰痛持ちでない人に話しても、やる意味のないことではある。

私はこれを、腰痛の予防のために編み出した記憶はない。偶然の産物なのだ。

私は、朝晩2度の風呂を楽しみにしている。湯船に浸かりYouTubeで音楽を聴きながらの入浴が多いが、ゆったり浸かっていると退屈になり、自分なりに体を動かした。運動量の少ない時の足しとして、独自に体操を考案し、今に至っている。

意識せずに続けているうちに、このお風呂での体操にも「腰痛がまったくなくなる」という効用があることに気が付いた。

体を洗って暖まる際に、これをやる。

方法は次の通りだ。

最初に両方の腕を曲げて、体に押し付ける。両足は、湯船に押し当てる。これで準備完了。まずは足を突っ張りながら、腰を左側に限界まで捻る。次は、右側に限界まで捻る。腰痛の真最中のほうは、ゆっくりと捻りを加える。今度は反対側に。交互に20回をワンセットとしてやる。

湯船では浮力があるので、どなたもスムーズに簡単にできるはずだ。私の場合は、リズムに乗って足の親指を交互に使い分けて、湯船が豪快に波打つほどに行っている。

大きな湯船では足が届かないが、家庭用の通常のバスタブであればちょうどよいサイズだと思う。

私の素人考えではあるが、浮力を利用した腰痛解消体操は理にかなっているように思う。この体操を継続することで、腰痛持ちの方には健康な若さを取り戻してほしいと思い、意を決して書くことにした。

あくまでも私の経験談であって、「治らないじゃないか」と言われても責任は負えないが、普段から身体に適度な負荷をかけた運動の習慣をつけてくださるとよいと思う。

46 長く経営者を務め終えた現在の心境

仕事に追われていたころが、懐かしい。

現役の社長だったころは仕事に追いかけられていたが、現在は仕事を「追いかけている」感が強い。そして、やるべき仕事を見つけてはスケジュールに落とし込み、予定表を埋めていく。

現役時代に考案した商品が、いくつもある。しかし、今ひとつ集中できず、先延ばしにしているうちに、いつの間にか忘れてしまうことも多々あった。

これをなんとか世に出したいという思いが、日毎に増している。

高校卒業後、62年間もの年月を時間の制約の中で働き続け、社長辞任と同時にその環境から一気に解放された感が強い。

27歳で「キッチンくに」を創業してから、大きく舵を切って専門店「ステーキ洋食くに」へ。その後「ペッパーランチ」を開業。その20年後、71歳で「い

50歳のとき、「ペッパーランチ」のデモンストレーション。2～3店舗目で、「これから広がるぞ！」と大展開を予感しての出店。

きなり！ステーキ」が大ブレイクして、日本人にステーキを身近なものにすることに大いに貢献してきたと自負している。

これらの過程でマザーズ上場、東証二部上場、東証一部上場を果たし、近年、東証プライム市場へも移行した。また、米国ナスダック市場へも、日本の外食企業として初の上場を果たした。

正社員数も１０００名に届くところまで成長を遂げていた。社員持株会、ストックオプションにより、業容の拡大と業績好調とともに株価も大きく高騰し、社員の多くはこの恩恵に沸き、自宅を買う者、車の購入者も多く、喜びに満ちた社員の笑顔は私にとって何ものにも代え難い喜びとなっていた。

この長い経営者人生は山あり谷ありであったが、思い出すのは楽しいことばかりだ。毎年の社員旅行でグアムを訪れたり、温泉地を訪れたりと、会社のイベントは実に楽しいものだった。思い出としては極上だ。三交代制でやってくる社員を、宿泊地でそれぞれ出迎えた。盛大な宴会や大花火大会での社員の歓喜に満ちた様子が忘れられない。

46

長く経営者を務め終えた現在の心境

2022年の辞任当初、数カ月は、あれもこれもと考えが八方に及んだ。そして途中から、自分の置かれた今の立場に立ち戻り、大きな歯痒さにぶつかっている。

長い間、大組織のトップとして号令・命令で思うことが実現できたが、辞任後、真っ先に感じたのは、自分一人しかいない、という現実だ。私にとって秘書の存在は、偉大だった。

あまりに大きな環境の変化をどう捉えたかというと、これが結構楽しめた。バスに乗って目的地に行けるようになったが（1号参照）、ある人に、この言い方は「浮世離れしている」と指摘された。

毎日の出勤は生活に規則正しさを生むが、現在は、寝たい時に寝て、起きたい時に起きる生活ができるようになっている。朝に自然に目覚めるという美しい目覚め方ができるのも、私に与えられたご褒美なのだと思い、ありがたく自然体で生きている。

しかし同時に、自制心も兼ね備えた一日にしていかないと、生活が堕落していく。私はこれが怖いので、より一層トレーニングに精を出している。

今年も早、2月になるが、真にやりたいことがいまだ見つからないでいる。このことは、「贅沢の極み」でもあると思う。

やることが見つからないのは、見つけようとしている証だ。

やりたいこととは、自分が「これをやるぞ」と決めて、そこに時間配分をして、行動の結果が人様のためになる、ということだと思う。

「贅沢の極み」と書いたのは、自分のために自由に時間を使えること。思い浮かんだやりたいことができるということだ。これこそが、最高に恵まれたことだと感じている。

今さらながらに考えてみると、私は時間の使い方のレパートリーが少ない。いや、問題は時間の使い方というよりも、これまでやってきたレパートリーの中のものだけでは人生に物足りなさを感じていることだろう。このような思考回路をする自分は、これまで人生の「メイン」として取り組んできた仕事への回帰願望が、よほど強いのだと言える。

毎日が日曜日では、人生のメリハリがない。

そこに不平不満を言うつもりはないが、先に述べた現役時代に開発した商品を世に知ってもらうという「やり残した仕事」を仕上げることをライフワークとして取り組めたら、また新たな人生の好展開が期待できる。

最近始めたピアノも、独学ながら上達の手応えがあって嬉しく思っている。

47 まんまとやられた振り込め詐欺

土曜日の午後、珍しく私は自宅の固定電話の受話器を取った。

我が家では、固定電話は基本的に取らずに鳴りっぱなしに放置して、先方が留守電に吹き込む声を確認してから受話器を取り上げるのを習慣としている。むろん、振り込め詐欺への防衛手段である。

しかし、この日に限って私は、受話器を取り上げて「良かった」と安堵した。墨田区役所の健康保険課からだったのだ（と、その時は信じて疑わなかった）。

今日は土曜日。よほど忙しいのであろう、「休日出勤、ご苦労様」と思いながら応対することとなった。そして、その職員さんの声のトーンは私の好みだった！　素晴らしく誠意に満ちている。そう思った。

「健康保険の還付金があるのですが、還付金の請求の用紙がそちらからこちらに届いていません。今日で区役所での取り扱いは終了になります」

還付金の請求をした覚えがない私は、自分の非を認めてお詫びをした。

「明日からは、墨田区から三菱UFJ銀行へ移管されます。銀行から還付金が出ますので、その引き継ぎに、あなたの携帯番号を教えてください」

私は自分の携帯の番号を教えたが、間違えて教えたことに気がついた。しかし、先方はすでに受話器を置いていた。私は申し訳ない気持ちで墨田区役所の保険課に電話をすると、本日は誰も出勤していないそうだ。数秒後、固定電話に先程の方から電話があり、「携帯の番号が間違っている」と指摘をされた。即座に私の番号を確認したのだろう。私は平謝りで、再度番号を教えた。

すると、その直後に携帯に確認の電話が入り、「翌日、セブンイレブンのATMの前に行くように」と言われた。

そこで私は、翌日の9時に指定されたATMの前に立つと、三菱UFJ銀行の行員から携帯に連絡が入り、「本人確認のため口座番号、預金通帳の残金を

47

まんまとやられた振り込め詐欺

お聞きします」とのこと。そこでも私は、指示されるままに答えた。

そこからは携帯を耳に押し付けながら、やりとりが続く。

「ATMにキャッシュカードを差し込んだ後、指定する銀行と口座番号を入力します」。

「『振込み』とあるところに、これから言う数字を入力してください」

私は言われるままに数字を入力した。

私はここで「何か変だぞ？　もしかしたら振り込め詐欺かもしれない」と思い、ほかの行員に代わるように頼んだ。

その直後、別の行員に代わり、代わった行員に以下の指示を出された。

「次に、『確認』を押してください」

「その後、カードと小さな紙が出ますので、紙は屑入れに捨ててください」

私は、この好感が持てる声の主を疑うことなしにすべてを終えて、ATMを後にした。

すると、同じ行員から、明日は近所の三菱UFJ銀行のATMに9時ジャストに行くようにと指示されたので、翌日、指示された場所に行って、同じように携帯からの指示通りに済ませて帰った。

その後は翌日も、翌々日も、同じことの繰り返し。このやり取りに辟易してきた私は、堪忍袋の尾が切れた。

「2300円の還付金はいらないから打ち切ってほしい」

そう告げると、「あと少しのところまで来ているのです。これを打ち切ることで、来年度の健康保険が受けられなくなっても良いのですか」と言う。

そう言われた私は、会社を退職した直後でもあったことから不安になって、また指示通りにした。

とは言え、不信感が募ってきたのは、ようやくその頃のことだ。知り合いの三菱UFJ銀行の行員に会ってこの話をすると、即座に「それは振り込め詐欺です」と言われた。

ちょうどその直後、明日の予定を知らせる携帯が鳴った。

知人の行員は私の携帯を取ると、電話口の相手に鋭い詰問を浴びせかける。電話が一方的に切られた後、同行の支店を訪問。その後、警察に行った。その知人の行員も同席してくれた。

47

まんまとやられた振り込め詐欺

その翌日、またしても昨日一方的に切った者から携帯に電話がかかってきた。その第一声は次の通りだ。

「やっと気が付いたのですね。もっと早く気が付くと思っていました」

さらに、こう続けた。

「私たちは、あなたが会社を退職したことも、どこにお住まいであるかも知っています」

私は、個人情報を知られていることに不安を感じ、不快に思った。

「これで最後にしますから、お願いです。○○ががんの手術をするのにお金がいります」

ひどい話だ。この期に及んで、まだ騙そうとしている。

「あと50万円を送金してくれたら、今後一切あなたとは関わりません」

もちろん、そんなことに応じることなどできない。詐欺犯人と明確に分かった相手であっても、キチンと言うべきことを言って携帯を切った。

なんと被害金額は７００万円にも及んだ。ＡＴＭへ13回も通った顛末だ。おそらくこの犯人は、私の辞任のニュースをチャンスと捉えて犯行に及んだのだろうと思う。

ATMの前で携帯を持ちながら操作している人は、詐欺犯人と会話をしている可能性がある。

この事件が起こる以前、私は絶対に詐欺に遭わないと思っていた。しかし、「遭わない」という自信がある人ほど、騙されるのだそうだ。

私と同じことに遭う人がいなくなるようにと願いつつ、恥を忍んで、あえてここに詐欺の経緯を詳細に記した。

48

コック見習いから大企業社長へ

「邦夫、コックになるからには、日本で5本の指に入るように頑張りなさい！」

その日からコック見習いとしてお世話になる、浅草六区の「キッチンナポリ」の前で、母は私にそう言った。母と私の約束の瞬間である。

母の目に力がこもっている。いつもの優しい母とは違う。

48

コック見習いから大企業社長へ

18歳、コック見習いのころ。キッチンナポリ吉原店の店先にて。

母一人子一人で、ここまで成長した息子にかける想いは、いかばかりか。戦中生まれの息子が、ここまで成長するまでの苦難を思い起こしながら、母は向島のアパートへの帰路を急ぐ。言問橋を渡りすぐ左に折れると、まもなく家に着く。その直後、神棚に向かい「邦夫の門出」に感謝の手を合わす。

こうした想像ができるほどに、親子の絆は強く結ばれている。


私の主な仕事は日々、「皿洗い」と「出前」であった。しかし、間もなく、先輩が辞め、入れ替わりで新人の見習いが入ってくる。この繰り返しで、3カ月もしない間に序列が上がり、「ストーブ前（料理提供のガス台）」を任せられるようになった。

それから半年もしない間に、私は上野駅前の「聚楽台」に転職した。キッチンナポリと比べると、待遇も職場環境も天国と地獄ほど違う。しかし、ナポリでの調理場経験がものをいって、最初から「見習い」ではなく「経験者」のフリをした。

聚楽台は、なんと労基法に則った運営をしていて、それでいて店が繁盛している。おそらく日本一の客数だろうと思った。

ファミレスもない時代に、400を超える客席（2階の全フロア）を持ち、和、洋、中、寿司のすべてを揃えている。

私は、ここで洋食のコックとして、大量注文をスピーディーに提供する方法を学ぶことができた。

約1年もすると、ホテルコックの話に耳が大きく膨らんだ。もとより、「日本で5本の指に数えられるコックになる」という母との約束を果たすためには、ホテルに勤務することが重要だと思っていた。

赤坂山王下に位置する「山王ホテル」は、当時の名門ホテルであった。母はこのホテルにとても詳しかった。陸軍の若手将校が決起した二・二六事件の際、兵隊さんの集結の地であったと母から聞かされた。

このホテルへ転職すると、前の職場以上の高待遇が待っていた。有給休暇が年に24日もあり、防衛施設庁の管轄で、公務員並みの待遇だったのだ。

ここでも調理経験が大いに役立った。最新鋭の調理機器が揃っていたし、食材も潤沢だった。

私はこのホテルに約9年間勤務し、母との約束などとっくに忘れ、「若き青春」を謳歌していた。この間、スキー、麻雀、競馬も覚えた。

「邦夫、いつまでも人に使われていたんじゃ、埒があかない。独立しなさい」楽しい毎日にうつつを抜かしていたが、母の一言で我にかえった私は独立を決意した。

母が私にこの一言を告げた時には、すでに「お膳立て」ができていた。母は向島の小さな小料理屋の物件を見つけており、「ここでやりなさい！」と言われたのだ。

これは、母の私への期待の大きさの表れだと思い、その提案に従うことを即座に決めた。この決断は、現在に至るまでの私に起こった幸運の連鎖の始まりでもあった。

街場のコックで辛酸を舐めたことや、高待遇の職場を経験したことが学びとなり、社員に対する「厚遇の重要性」を考えるきっかけになった。振り返ると、こうしたコック時代の体験が大いに役立ち、会社を上場に導くまでの原動力に

Calligraphy Collection 08

思い出してみよう
あなたの人生を
変えた一言を

なったと思っている。

創業は、53年前の2月14日。ちょうどバレンタインデーの日に当たる。アキ子との結婚から間もないこの日は、母の念願が叶った記念日でもある。

今年(2023年)の2月14日は、私が経営者を辞任して、ちょうど半年に当たる。健作社長の計らいで、この日を創業53周年記念日とするとともに、前社長の私の慰労感謝の集いを開いてくれた。

私は挨拶を力強くした。私はとても幸せであると、みなさんに告げた。

「53年前のこの日、母と約束した日本で5本の指に入るコックにはなれなかったけれど、みなさんに支えられて『日本一のステーキレストランの社長』になることができました。会社は上場も果たし、多くの従業員さんにも喜んでもらうことができました」

この挨拶で、私はこれまで「自分が納得できる人生を送ってきた」のだと実感できた。

そして私は、「私は日本で一番幸せな80歳です」という言葉で挨拶を締めたのだ。

49 人はみな自分が大好き

「世の中にたえて　桜のなかりせば　春の心は　のどけからまし」

これは私のお気に入りの歌だ。作者は、私の地元も同然の東武線・業平橋《なりひらばし》駅にその名を残す、高名な歴史上の歌人、在原業平だ。

しかし、スカイツリーの開設で、駅名は「スカイツリー駅」に改称されている。

私は昔、この駅で下車し、「キッチンくに」に勤務していた。この店は、私が27歳で創業したお店だ。

近所のタクシー会社の運転手さんも多く来られており、運転手さん同士の会話が狭い店に溢れていた。運転手さんは、地元に不案内なお客様がこの駅名を「ぎょうへいばし」と言われても、ちゃんと理解する。私も、道を尋ねられても答えることができていた。業平橋は「ギョウヘイバシ」でもある。

地元の隅田公園の桜も開花が迫ってきた。散歩の途中、枝先に目を遣ると、確かな開花への準備が進んでいるのが分かる。

今年の冬は、寒い日が多かったような気がする。吹きっさらしの土手に揃う桜の木々が、寒い冬に耐え、春の陽気を察知して開花することを「休眠打破」ということを知ったのは、かなり前のこと。寒い冬ほど早く咲き、色鮮やかにもなるのだそうだ。


冒頭の在原業平の歌が、どうして私のお気に入りなのかと言うと、業平さんと私は、「考えていることが一緒」だと感じるからだ。

私は、桜が咲き始めると嬉しい気持ちになる。ソワソワして落ち着かないのだ。昨年のこの時期は、仕事の都合でゆっくりと花見をできる環境になかったが、そのような時でも、桜の状態が気がかりだった。

休日の墨田川の土手墨堤散策ができた後は、さらに桜を愛でたい気分が高揚する。業平さんの気持ちを理解できる私だ。いっそのこと、桜などなければ、早く散ってしまえば、この春をのどかに楽しめたのに、と思われたのではないだろうか。

49

人はみな自分が大好き

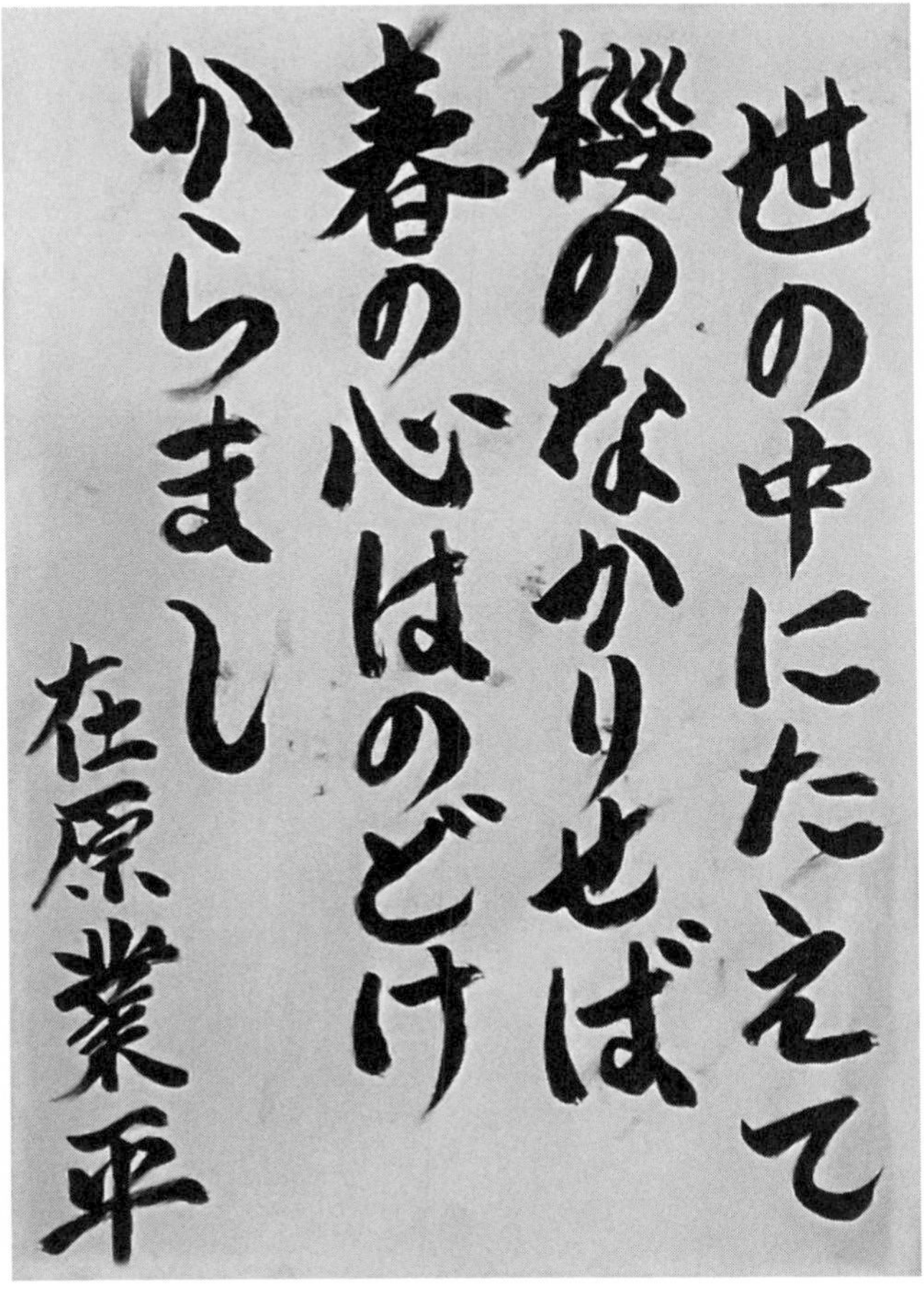
世の中にたえて
櫻のなかりせば
春の心はのどけ
からまし
在原業平

一方、この歌の状況が間近に迫る上野公園の桜並木を見上げて、異説を唱える方の声にも耳を傾けてみた。

「これは、自分の思い通りにならない美しい女性を想う歌では？」

この説に私は、即座に納得したのだ。

美しい女性を桜に例えて読んだ歌！　真実は業平さんに聴かねば分からないけれど、桜も女性も両方にかけた恋多き業平さんと思えば納得である。

私は純粋に休眠打破、美しい桜を愛でることのできるこの季節が大好きだ。

昨年と違う環境にある私だ。会社を退職した今年の桜をどのように楽しむか。

いつでも好きなだけ眺めることができるのでは、あるいは、飽きがきてしまうのではないか。

「忙中閑」という言葉があるが、忙しい中にも桜を愛でる感性を持てる自分が好きだし、そうした人生こそ、私の人生に相応しいものだと思う。

結局、私は「人が好き」なのだ。

相手への思いやりは、周り巡って自分に帰ってくるものだ。自分に豊かさを与えてくれるのは「人」であり、関わるみなさんが愛を与えてくださっていることが幸せである。

50
人との縁のメカニズム

私は人の縁の中で生きている。ひとりぼっちは楽しくない。人は誰でも歳をとる。歳を取ると外出をしなくなる。でも、人恋しくなる。誰かに話を聞いてほしくなる時がある。

しかし、そのような時に気軽に話ができる人を持たない人が圧倒的に多い。

昨年2022年の暮れに、いつも思い出に出てくるYさんを誘って、実に数十年振りに楽しい時間を共有することができた。このYさんは、私より5歳年上で、赤坂の山王ホテル勤務当時からの仲良しで、いつも私の話しを聞いてくれた。そして、最新の車の話題も豊富で、こよなくスキーを愛していた。

60年以上前のドミトリー生活では、寸暇を惜しんでフルートの練習に励んでいた。その熱心なこだわり、考え方に触発されて大いに影響を受けた。私がタバコをやめたのもYさんの影響からだ。車を購入するときには車種選択のアドバイスもしてくれた。そして、誠実な生き方も大いに影響を受けた。冬のシーズンには、スキーに夢中になって数えきれないほど共に行動した。

このYさんとの再会時には、思い出話に花を咲かせたかったが、話題がリアルな現実の生活感の話になった。Yさんにしてみると、こうして昔の仲間との語らいの場は久しぶりとのことで、付き合いを継続している人はいないとのことだった。

16号でも触れたことではあるが、そこでYさんに聞いてみたことが、このエッセイのテーマになる。

「Yさんから誰かに連絡しますか?」の私の問いかけに、「自分からはまったくしない」との返事が返ってきた。

そうなのだ。歳を重ねると諸事情から自ら連絡を取ることがなくなり、相手もまた連絡をくれなくなる。これが友達を失うメカニズムであることを突き止めた感がある。

しかし後日、電話でこのメカニズムの話をYさんにしたところ、自ら連絡を取らない理由が分かった。Yさんは、「話をしてもつまらない人とは、縁が切れていく」と言った。確かに私にも身に覚えがある。私も、つまらない話しかできない人にならないようにしようと決意した。

最近は、終活に備えて断捨離をするということもよく耳にする。ある方が、「私は人との付き合いも断捨離して行きます」と言った。

これを聞いた私は、俄然反対した。何も自分から宣言しなくても、自分が誘わなければ、そして相手が誘ってくれなくなれば、友達は自然消滅していくことになる。

気の合う仲間と酒を酌み交わしながらの会話は、至福のひとときを与えてくれる。縁を繋ぐことを希望するならば、自分から会いたい人に連絡するようにしたいものだ。

51
箸使いの奥義

日本人であれば箸が上手に使えるのは当たり前にしたい。日本だけではなく、箸を日常的に使う文化を持つ国は、アジアには多数ある。そして、今や世界中で箸が使われるようになってきた。しかし、私たちのように物心ついた時から箸を使う習慣の中で育っていないから、上手に使える人は少ない。

以前ニューヨークで仕事をしている時に聞いたのだが、エリートの証として箸が上手に使えることが挙げられるのだそうだ。食事の際に箸を巧みに使えたら、嬉しく楽しく食事ができる。私たちのように、箸の文化圏に育った人は、箸を使えることに感動はない。

しかし、一緒に食事をする外国の方が上手に箸が使えないとしたら、教えてあげることにも楽しさが増すことになるだろう。

箸は2本の棒だ。1本では箸の役割を果たさない。この箸の使い方を指導す

51

箸使いの奥義

る際の、良い方法を考えてみた。

箸は、利き手で使うのが当たり前だ。箸を上手に使える人でも、利き手ではない手で箸を上手に使える人は少ない。箸の文化圏でない人は、私達が利き手でない手で箸を使うようなものかもしれない。

そこで私の場合は、右利きなのだが、左手で箸を上手に使う練習をした。お手本として、右手で箸を持つ。そして、右手の指の役割を分析しながら、左手で真似をしたところ、上手に使えるようになるのにそれほど時間はかからなかった。

両方の手に箸を持って、右手の5つの指を観察すると、小指以外の4つの指の役割が決まっていることに気付く。

まず、箸1本を親指・人差し指・中指の3つ指で、鉛筆で文字を書くよう持つ。そこで、箸先を使って筆で直線を引くように向こうから手前に引いてみる。その時の中指の力が箸を上に上げる力になる。人差し指は、箸を手前に引く力になる。その際、人差し指と中指の両方の指は、親指によって支えられる。

この動作は、もし1本の箸がなければ、3つの指だけで食べ物を摘んで食べる動作となる。箸もフォークも使わない方々の食べ方は、この3つの指を使う。

次の動作で箸の役割になる。もう1本の箸を親指で支えて薬指に固定する。どうして固定するかというと、この2つの指を使って食べ物を持ち上げるときは、中指が箸を上げる（広げる）力となり、人差し指は箸を引き寄せる力になるからだ。ここで試しに左手で薬指と親指に固定されている箸を押さえてみる。まったく動かないことが確認できるはずだ。

私は、以前も左手で箸を使って食べる練習をしたが、じれったくなってやめた経験がある。しかし、ここまで右手の4つの指の役割を理解できて、右手に持つ箸を見ながら左手で箸を使う訓練をした結果、なんと違和感なく使えるようになった。

今までの私の左手での使い方のぎこちなさは、中指で下側の固定すべき箸に力を加えて押し広げようとしていたことが原因であった。したがって、上下の箸で挟もうとして、中指の箸を持ち上げる（広げる）動作ができないことが理解できた。

こうした学びは、大きな価値を生むことになる。この箸使いの指の働きのメカニズムを理解して、外国の方に指導して差し上げれば、私の左手が上手に使えるようになったのと同じように使えるようになるはずだ。

箸は1本だけでは、突き刺して食べる以外に使えない。2本揃ってこそ一膳の箸になるのだから、この2本が磁石の力でぴたりと揃うとしたら感動を生む。さらに、箸使いに慣れない人にとっても、このマグネット箸は喜ばれるのが見えるようで楽しくなる。

これを書いているうちに、新たなビジネスを創造した。箸の使い方教室だ。欧米の箸文化のない方にレッスンする教室である。もちろん日本人も歓迎する。そこから世界に向けて、マグネット箸の販促につなげる。旅行会社とタイアップしたり、日本の行政も動かすことができる。

52 稀有な体験と感動・感謝

ここ有明アリーナのボクシング会場は、後楽園ホールとは桁違いのスケールの大きさだ。この会場で試合ができるボクサーは、どれほどのときめきとプライドを持って今日を迎えたか想像に難くない。今日は日頃の鍛錬の総仕上げであり、次の高く聳えるステージへの登竜門となるはずだ。

今日のメインイベントは、拳四朗の世界選手権防衛戦であるが、ここでは拳四朗の勝ち試合の奮戦記を書くつもりはない。私は、メインまであと3試合を残すところで席を立ち、薄暗い急勾配の階段を降りて、ダブルの前室付きの重厚なドアを開けて通路に出て、トイレを済ませたところで、ふっと浮かんだ思いを実行に移した。試合中でありながらも、10名を超える行列ができている売店に躊躇なく並んだ。

私の閃いた思いは、一緒の仲間とビールを飲むことだった。ビールを味わって喜んでもらいたいと思うほどにテンションの高い私だったのだろう。財布も持たずに並び、少し不安な気持ちで前の方に話しかけていた。

「パスモ使えますかね？」

そう問いかけると、

「私はクレジットですから大丈夫ですよ」

と言った。それで少し安心する。そこで私はその人に心を許して、さらに話しかける。

「いきなり！ステーキの行列みたいですね」

「⁉」

ビールの大の価格は900円で、税込になっている。やがてその人の番になり、ビールをクレジットで支払いをしようとするが、店員から「機械が調子悪いので現金でもよろしいでしょうか」と言われ現金支払いを済ませた。

私の番が来てビールの大を6杯注文し、現金がない私は5400円の支払いができない。咄嗟にどこの誰かも知らないその方に、「すぐに返すのでお金を貸してください。私は◎◎ステーキの元社長です」。少しの驚きと同時に、躊躇なく6000円を手渡してくれた。店員に6000円を支払うと、釣り銭の100円硬貨がないという。6杯の大ジョッキのビールは、厚紙のケースに収まっているので、一瞬のためらいもあったが、お釣りの400円を店に献上した！

店員の話では、16時の開店と同時にできた行列が19時を過ぎても続いているのだそうで、予測をはるかに超える事態に釣り銭切れとなっていたのだ。明らかに店の不手際がいくつも重なって、この事態となっている。

6杯の生ビールはかなり重く、不安定だ。お金を貸してくれた方の咄嗟の判断が、私の心配を取り除いてくれた。会場は重厚な二重扉を引かなければ入れない。その方は、売店からかなり離れた扉を開けることまでしてくださった。ラウンドの合間にいただいた名刺を見ると、先程の好青年の勤務先を知ることができた。次の試合の合間に現金を握り、薄暗い会場でその方を探すが、すぐに到底不可能だと感じるほどの人のうねりがあり、諦めざるをえなかった。

この青年の勤務先はオリエンタルランド、つまりディズニーランドの運営会社なのであった。私は恩を感じながらも大きく納得した。あの「ホスピタリティの権化」のような、ディズニーの社員はすごいのだ。困っている私を助けてくれたうえに、大きな感動まで与えてくださった。あの時の好青年に改めてこの紙上でお礼を言いたい。

「ありがとうございました。お陰様で仲間と美味しいビールを飲むことができました」

53
白内障の手術

今日は日曜日、明日一番に郵便局が開くのを待って書留の手続きをする。その前に、Eメールで、一足先に謝意を伝えるこの文を送らせていただくことにする。

私は自分を信じて生きている。これはとても重要なことだ。

毎朝の洗顔と夜の寝る前の洗顔にも、必ず流水で目を洗う習慣を続けてきた。これは、母親からの教えで、多分50年以上にわたり、毎日、朝と夜の2度必ず続けてきた。それは、目のために良いと信じてきたのだ。朝など特に目が覚める。曇って見える対象物も、よく見えるようになるからだ。それと、年齢を重ねて70歳を過ぎても、良く見える目に感謝していた。

老眼とか乱視もあるが、メガネとレンズ交換を幾度も変えて80歳になった。右目の視力が多少見えづらくなり、車の運転時にフロントガラスが曇っているようなのが気になっていた。ただ、60歳でも白内障の手術をしたとかいう人がいても、私は目を洗っているお陰で、目には自信があった。

ところが、普段の生活に支障はないが思い切って眼科へ行ってみると、「白内障で見えづらいのです」との診断を下された。そして、数度の検査の後に白内障の手術をすることになった。

手術の当日を迎えるまでの葛藤を記しておきたいと思い、これをみなさんに知ってもらいたいのだ。

目を手術するなんて、とても怖いことだと思った。理由を付けて手術をやめようかとも思った。まだ十分に見えるのだからと。だが歳のせいか、私の周りにはこの手術の体験者が数人いる。この方々に感想を聞いてみると、全員がポジティブに、手術の体験を話してくださる。私は、痛みに耐えられるのだろうかと真剣に悩んだのだ。みなさんの答えは、「たいしたことない、すぐに終わる」というものだった。

手術当日が刻一刻と近づいて、とうとう当日を迎えた。「案ずるより生むが易し」の言葉通りに、想像したほどの痛みはなく、先生の「予定通り終了で

53
白内障の手術

す」の一言で安堵して肩の力が抜けていくのを実感した。

手術後、厚手の布地の眼帯をされ、その周りをテープでしっかりと止められた。なぜか目の上の瞳の上が痒くて仕方がない。手をやっても痒いところに触れられない焦《じれ》ったさったらない。足を靴の上から掻けない。眼帯の下の瞼を開けたり閉じたりして痒みに耐えていた。

この眼帯の厚さの理由は、寝ている時など無意識に目に指が触れないためなのだと理解した。翌日に眼帯が取れるのを期待しながら眠りについた。

そして、翌日。看護師さんが眼帯を取ってくれた瞬間から、気が付いたのだ。院内の壁の白さが目に飛び込んできた。眼帯が取れた直後に携帯をチェックすると、昨日までメガネなしでは見えなかった字が見えるのに驚いた。

一通りの術後健診を済ませて帰途につくが、街の景色の色が違って見える。もし理由を付けて先延ばしすれば、体験できない世界が広がっている。

私は、この喜びを多くの方に話して、私と同じ感動の瞬間を体験してもらいたいと思っている。

54
透明エアメガネ

私のメガネは実に快適だ。種明かしをすると、レンズがないメガネなのだ。しかし、誰もが素通しのメガネに気が付いていないようだ。

白内障の手術を済ませた翌日のこと、分厚い眼帯から解放された瞬間から、眩しい光が飛び込んできた。スマホのＬＩＮＥが気になるが、メガネなしでハッキリと読めるのには驚いた。

「それならば」と、帰宅後メガネから手術した方の右のレンズを取ってしまったのだ。すると、思い通りの結果が得られた。新聞の文字も、この片レンズなしのメガネでよく見える。そこで、こんなによく見えるのだからと、もう片方の目も手術することを決めた。

メガネを掛け始めて数十年経つので、メガネが嫌いなわけではない。メガネを掛けた私の顔しか見ていないのだし、それが習慣になっている。

もう片方の目の手術を控えた１週間は、実に長く感じた。いやでも手術当日

54

透明エアメガネ

のことを意識し続けてしまう。その昔、修学旅行が待ち遠しいのに、なかなかその日が来ないもどかしさを感じた記憶があるが、それとは少し違う。手術が楽しみなわけではない。

正直言うと、怖いのだ。自分がこんなにも臆病であるとは思わなかった。右目の手術の経験があるので、怖がることはないのに怖いのだ。手術の真最中のときのことを考えてみることに挑戦してみた。

これって楽しいことの真最中なのだ。「うーん気持ちが良い」と心が吠えている。

すると本番の術中、左目が見つめる先の三つの輝きが増していき、明るい球が見えてきて一つになっていく。先週の手術のとき、右目で見えていた同じ球がひとみの奥に見えるのだ。両肩に余分な力が入っているのがよく分かっている。

「終わったよ!」と、先週と同じ先生の声に、ホッとして肩の力が抜けていく。このなんとも言えない解放感を楽しんだ。

やがて翌日の術後検診の待合室で眼帯が外される瞬間を期待する私。またもやスマホを凝視する。よく見える。

自宅に帰ってまずやったことが、メガネのもう片方のレンズを外すことであった。レンズのないメガネを掛けて新聞を読む。それから、レンズのないメガネを掛けて洗面台の鏡に映る顔とのご対面だ。レンズがなくても大丈夫なことを確認する。

今までメガネを外して自分の素顔を見ることはなかったが、こんなにも汚いシミだらけの顔になっているとは。この瞬間に、現実を突きつけられた。メガネを掛けて見える顔のほうが、少しはマシなことに気がついた。私の顔を見る他の人は、このように私が見えていることを知ることになった。一気に年齢を重ねている自分を、意識せざるを得ない瞬間がやって来たのだ。

その瞬間、瞼に浮かぶ母の顔とその言動が鮮明に蘇った。母は、92歳の頃に目の異常を訴えて白内障の手術をしたのだが、その直後に私と同じことを言ったのだ。

人一倍おしゃれで、人の目を気にして身嗜みには気を遣う母であっただけに、その真実との対面がどれほどのショックを与えただろうか。

母の心境の一端を理解できる年齢に近づいている私だ。このレンズなしのメガネを愛用している私だが、改めてメガネが顔の一部であることを実感して、レンズ無しメガネを「エアメガネ」と命名した。

55
雲から学ぶ感性論

カーテン越しに外の明るさを感じる。天気が良いことを確信して、手を伸ばしカーテンを一気に引っ張り開け放つ。梅雨入りして久々の上天気だ。

私のベッドは窓際に置かれている。枕に頭を乗せたままで見上げる空に浮かぶ雲の切れ端が、朝日を浴びて美しい。小片の雲に標準を合わせてじっと見つめていても、雲の形が変わらない。

1カ月前に白内障の手術を済ませた私は、視力が大きく若返っていることに気が付くとともに、遊び心が湧いてきた。

定時出勤が当たり前の頃は、絶対にあり得ない朝の雲との戯れだ。お気に入りの雲に標準を定めて形を記憶して10数えて目を開くと、明らかに変化している雲の形に気が付く。また違う雲を選んで同じく目を閉じると、違う変化が分かる。さっきの雲はと視点を移動させると、跡形もなく青空だけが鮮やかに輝いている。

今度は、小片でなく、巨大な黒い部分が混じった白雲の変わりように興味が湧いた。どっしりと陣取る雲が、抜けるような青空の一部を占拠している。その迫力に負けまいと、先ほどよりも目を閉じる長さを倍の20秒にしてみた。記憶した雲の塊に大きな変化はないが、明らかに目を閉じる前とは違うことには気が付く。

だが、どこがどうなっているという確証がない。そこで考え付いたのが、窓枠の活用だ。頭の位置を少しずらして、それを記憶して20秒後に目を開くと、思っていた通りの結果が得られた。やっぱり雲の動きは形状を変えながら位置も動いている！

遠い昔、志賀高原の山頂から驚きの雲海を見たあと、滑り終えて空を見上げると、低く垂れ込めた曇り空となっていた。

55

雲から学ぶ感性論

青空を背景とした今朝の雲は、形状を認識できる。さっきと同じように目を閉じて開いた時には、明らかに移動し、変形している確証を得た。

ここで思い出すのが、感性についての持論だ。辞書を引いてみると、「感性」とは「感じる力」とあるが、他にあまり多くの説明がない。私は、飲食業の世界で社長として長年の経験を持つが、社員に「感性を磨きなさい」と何度も言い続けてきた。そして、感性について独自理論を持つに至った。

「感性とは、違いに気がつく感覚」

これが私の感性なのだ。この自論に照らし合わせると、今朝の雲の活動から得られた感性とは、世の中の移り変わりの早さがひと昔前よりも早くなっているが、それに気付くのが遅い。

私達は、日常的に雲の動きを見続けることはないと思う。そして、世の中の移り変わりも、じっと止まっては見ていない。でも、どちらも気が付かないうちに大きく変わっている。現代に生きる私たちは、雲の変化に気付かなくても、世の中の変化に気付かなくても生きていけるが、違いに気付く感性を磨いていいかないと、時代に取り残されていくことになるような気がしてならない。

56
増え続けるビニール傘

先日、折りたたみ傘を数十年振りに持って出かけた。でも、使う機会がなかった。残念であるわけではない。雨が降らないことのほうが歓迎だ。その折りたたみ傘は、当たり前のように小型バッグのかなりの部分を占めていた。

昨日の夕刻、家を出る際に小雨がぱらついていた。ふっと考えて折りたたみ傘を持たず、その代わりにビニール傘を持って出た。以前は、ビニール傘をどこかに置いてきてしまうことが何度もあった。数年前に決意して以来、必ず持ち帰るようになった。だから、我が家のビニール傘は、どんどん増えている。

というのは、出先で雨に降られたらコンビニで買ったり、会食の店の好意で借りてくることがあるからだ。この場合、返しに行けばよいのに、そのまま我が家の置き傘に組み込まれ、所有権までも得てしまう。

ビニール傘は、雨が降っていたり、降る確率が高い時は持って出かけるようにしている。

一方で折りたたみ傘は、いつ出番があるかわからない。雨が降りそうでない時に雨が降ってきたらこれは大助かりだ。しかし、ほとんどは雨に降られない。お勤めのみなさんの必携品は、折りたたみ傘であるという。

「備えあれば憂いなし」と聞くが、私は急な雨で「折りたたみ傘があれば」と憂いたことはない。

57
電話での初対面の会話から伝わる会いたくなる人

クーラーの効いた窓辺のベッド、遠いところでスマホの呼び出し音が鳴っている。でも、こんなにも気持ちの良い昼寝の邪魔をされたくない。初夏の太陽が容赦なく差し込む午後3時、もう1時間以上も爆睡したようだ。

だんだんと正気になっていき、先ほどのスマホを見てみる。用があったから電話をくれたのだと、相手の身になってこちらからかけてみる。つい先日お会いしたS教授だった。私に紹介したい人がいるとのことで、その後、その本人が自分のスマホから私に電話をかけてきてくれた。

声の主は、明らかに私の年齢に近い方であると思われた。しばらくの会話の後、私より歳上であるかの質問に応えてくれた。私の歳は先刻承知のようで、彼は昭和19年生まれとのことだ。そう言えば、私の歳の聞き方も随分と相手に気遣いをするようになってきた。

「おいくつですか？」と直接聞くより、「何年の生まれですか」のほうが、優しさと親しみが込められている。これにより、いくつもの質問をすることなく、同じ環境で戦後の混乱期を生きてきたことが分かる。だから基本、波長も合うに違いないと信じるのだ。

でも、もっと進化して、なるべく歳を聞かないようにもしている。というのは、何とも罰の悪い思いをしたのは、一回や二回ではないからだ。自分と同じか歳上だろうと思って聞くと、私より10歳以上も歳下のときは、困ってしまい、後の会話が続かない思いをしたことがある。

私は、初対面の方との会話では、無意識のうちに「相手に好印象を与えるこ

57 電話での初対面の会話から伝わる会いたくなる人

とに努めているな」と、自分を客観視することができている。会話の中で、イントネーションを重視しているのだ。相手から聞かされる内容は、予期せぬことが多い。この場合、その会話の中身にすごい興味を持って、さらにどうしたかを聴きたくてしょうがないという気持ちが伝わることが、相手に好感度を与えると思うのだ。

顔を直接見ての会話であれば、手っ取り早く自分の思いを伝えることができるが、電話での会話には「間」というものがある。そして言葉のキャッチボールが始まるのだが、自分が思っていないのに思っている素振りをしなければならないときもある。

「目は口ほどに物を言う」

言葉にならなくても、同調していない自分の意思が相手に伝わってしまうこともあるようだ。

この非言語的な自己意思の伝達がないのが、電話でのやりとりだ。私は、すべての相手に対して尻上がりに言葉を発して、好印象を与えようとしてきたわけではない。しかし、S教授が紹介してくれた相手の方とは、会ってみたいと思った。相手は果たして私に会いたくなってくれただろうか。

多分私と同じ気持ちになってくれたのだろうと思いたい。

58

階段の上手な上り下りの要点

記憶を遡ること二十数年前、私は大連のホテルの大理石のツルツルな階段で、右足の踵の上の骨を骨折してしまった。足を踏み外したわけではない。

私のブーツは雪上を歩く時にスパイクが出るが、迂闊にもスパイクが出ていることに気付かず、下りの階段で引っ掛かり、片足が滑ってしまった。落下を防ごうと大股開きになったが、右足が負荷に耐えられず、「ゴクッ」と不気味な音をたてて骨折してしまったのだ。

私は、この痛く苦い経験をしてから、階段の下りでは本能的に気をつける習慣がついたのと同時に、階段の上り下りでは一つの方法を実践している。

歳をとると足腰が弱り、階段の上り下りには慎重になる。上りでは階段の踏面いっぱいに靴足を乗せる。これが良くないのだ。この足を上に持ち上げる時に、爪先がスムーズに次の段に行かずに引っ掛かり、躓きの原因になるのだ。これを防ぐには、靴足の3分の2ほどで踏み込んで次の段に上ると、つま先が引っかからないのでスムーズに上がることができる。

この上りで躓いても落下することはない。しかし、下りは落下の危険があるので、より慎重を期したいが、慎重に靴足の全体を踏面に乗せると、その足を下段に移す際に爪先が引っ掛かり、とても危険な状態になる。下りの場合は、靴足を「土踏まずで感じる」ことができる位置に乗せるようにすると、その足を下段に移動する時に爪先が引っかからないので、安全に下ることができる。

私は2022年の社長辞任以来、電車での移動が当たり前になっている。エスカレーターがある時は、左端に立って上ることはしない。しかし、昔のままでエスカレーターがない駅もまだ多い。エレベーターが新たに設置されていても、わざわざ遠回りしてそこまで行くのが面倒なときは、階段を利用する。

この階段を利用するときに自己流の理論を実践するのだが、この時、もっと多くの方に知ってもらいたいと思いながら、とうとう今日ここに書き表すことができた。ぜひ試して、階段の上り下りを楽しんでもらいたい。

59 久々の一泊ドライブ旅行

久々に一泊のドライブ旅行に行くことになった。

一泊でも1週間の旅行でも、私の旅支度は変わらないのだが、年齢を重ねる毎に持っていくものも多くなるなと今回は感じた。

ちなみに私は、仕事以外の観光目的の海外旅行は記憶がない。人も羨むほどの海外渡航歴があるが、ホテルのアメニティは一切使わない。理由は、普段使いの慣れているもののほうが快適だからだ。最近はＳＤＧｓを意識するようになって、このスタイルがますます気に入っている。

さて、今日の旅行は友人４人との温泉旅行であったが、平均年齢は私が少し押し上げている感があり、77歳。全員後期高齢者だ。この4人とは、同じ外食産業の元社長同士であるが、40年になろうかと思えるほど長い付き合いだ。若い頃、みなさんと一生懸命に勉強した。そして40年がたち、いずれも後継者に託して現役は退いている。

59

久々の一泊ドライブ旅行

一泊旅行で急遽決まったホテルは、福島県の母畑温泉の八幡屋であった。友人のTさんが予約を取ってくれたが、予約にあたって、ホテル側に「日本を代表する飲食店の経営者の集まりだから」とプレッシャーを与えたのだそうだ。

その甲斐あってか、このホテルは、日本一と言われる有名老舗旅館○○屋を凌ぐほどの素晴らしさだった。私は、いくつもの感動ポイントを見つけていた。

その日私たちは、午前11時にはホテルに到着した。午後3時のチェックインにはまだたっぷり時間があるので、ぶらりと観光地巡りをした。母畑湖の見学では、地元の方と思しきおばさんの説明を受けたが、私が「八幡屋にこれから行くのだ」と言うと、そこの社員であるという。そこで昼ごはんに誘った。この地方の良いところは何か、おばさんがどんな仕事をしているか、そしてホテルの良いところなど、たくさん教えてもらった。

ホテルに戻り、夕食が始まると、その料理の豪華さに感動した。料理内容はもちろん、顧客のもてなし方も○○屋を超えているとみんなで褒め合った。

夜はカラオケも楽しんだが、隣の部屋の女性が一人で入ってきて、仲間に入れてくださいと言う。一層盛り上がった。

夕食の際の飲み物も焼酎にビールもたっぷり、カラオケではハイボールで乾杯。調子に乗ってお代わりに次ぐお代わりで、2時間以上もカラオケを堪能した。


翌朝、大浴場につかった。前日に入った展望風呂も圧巻であったが、今朝の大浴場は私の記憶の中で最高の大きさと趣向が凝らされている。何より清潔だ。すると、昨日ランチを共にしたおばさんが風呂場で働いており、にこやかに朝の挨拶を交わした。するとおばさんは、昨日のお礼だと言ってネックレスをくれた。一歩前に出る行動が、面白いことを呼び込むものだと思う。

チェックアウトの時、このホテルの価格がリーズナブルなことに驚く。また来たいホテル、八幡屋であった。

課題発見の感性
を磨くと人生が
豊かになります

60 私の好きな温度、妻の好きな温度

私は暑い夏が大好きだ。妻は、私の部屋にモーニングコーヒーを持ってきてくれると、私が少し汗ばむ温度でもエアコンを付けないでいることにあきれている。

「よくこんな暑い中でエアコンもつけないでいられるわね」

私は居間に行くと、クーラーの涼風が私の体温を奪っていくことに不快な寒さを感じる。しかし、妻は快適なのだろう。私はこんなとき、冷風が直接当たらない場所を選んで寛ぐ。妻のペースに合わせるのだ。

妻は冬の寒さの厳しい米沢市で、真冬の2月に生まれている。私は温暖な静岡市で、真夏の8月生まれだ。この二人の生まれた土地柄と季節の違いが、温度の好みと大いに関係があるようだ。

真冬になると、真夏と反対なことが起きる。私は寒いのが苦手。暖房が大好きだ。新幹線でも飛行機の中でも膝当てが必需品だ。なんか女性のようだなと

60

私の好きな温度、妻の好きな温度

思うことがある。居間で暖房を入れると、寒い中でも平気な妻に咎められる。

「全然寒くないじゃない」

私は、この言葉に逆らわずに、毛布を膝から腰に巻く。妻はリュウマチを患って20年以上、歩行も困難で、家の中はバリアフリーで設置した手すりを備えている。しかし、車の運転はできるので、スーパーへの買い物には行ってくれる。荷物を持って歩行するときは、それ専用の便利なカートがある。私には家事の負担はまったくかからないので、感謝してもしきれない。

夏は私の季節で、照りつける炎天下が大好きだ。隅田川の川面に近いテラスを歩くのだが、上半身裸で帽子も取って早足で歩く。今年の夏は、白内障を手術してから目を細めないと眩しくて困ることになり、サングラスが必需品になっている。真っ黒な裸のボディー、黒く焼けたスキンヘッドにサングラス姿の私が、周囲にどのような印象を与えるのかと思う瞬間がある。怖い人に見られたくないので、人と目が合うとにっこりするようにしている。

自宅に戻ると、バルコニーにマットを敷いて日光浴をする。この習慣がいつ頃からついたものかというと、その記憶は鮮明だ。高校1年の夏休みが終わり、登校すると、真っ黒に日焼けした私にクラスメートの一人が、「一瀬さん、黒くなって素敵になったね」。この一言が、今年80歳になっても真っ黒になりたい習慣になっているのだ。

この習慣のせいもあるだろうが、真冬の私の体は、肩から背中に夏の名残りのシミが日立っている。しかし、この身体を焼く習慣が、私の健康に大いに役立っていると信じている。太陽の恵みをいっぱいに受けて、体内にエネルギーを充電している感が強いのだ。

40代の頃に、いつまでこの焼く習慣が続くのだろうと思ったことがあるが、この習慣がある以上、元気に活動できると信じている。

今年の夏、現時点で定職を持たない私は、焼く時間をたっぷり取ることができる。今まで以上に黒くなることに喜びを感じる。この充電エネルギーを何のために使うか思案中だ。

めんどうくさい
あとでやるは
禁句です
直ぐやる
正しくやる

61

ワインの一番美味しい飲み方

私は、食事中に幾度もその言葉を相手に投げかけてきた。社長辞任後、会食の機会が以前にも増して多い。食事をする相手は二人の時もあれば、それ以上の人数の時もある。とりわけ、二人だけの食事の場を盛り上げるのにとても有効なその言葉を、ワインでのカンパイ直後に投げかける。

その言葉とは、「ワインの一番美味しい飲み方を知っていますか？」である。

相手は少し戸惑いの様子を見せる。ワインを口に含みながら、この問いかけに対して、私が思う正解を言われた方は、いまだにいない。

しばしの楽しい沈黙の間を取って、私は正解を伝える。

「ワインの美味しい飲み方は、誰と飲むかです！」

このフレーズに誰も反論の余地はないようだ。目の前でワイングラスを持つ相手は、必ず笑顔を浮かべて納得する。その後の会話も、自然に盛り上がることと間違いなしだ。

61

ワインの一番美味しい飲み方

相手からお返しが返ってくる。

「一番美味しい食事は、どなたと食べるかですね！」

すかさず、

「今晩の食事は最高です！」

すると、その絶妙の間合いに再び納得して、ワイングラスがカチンと美しい余韻を残して響く。

楽しい会話の糸口にもなるこのフレーズを、初対面の方との乾杯ではたくさん使ってきた。

いつからこの魔法の言葉を使うようになったかの記憶は定かではない。きっとある時に素晴らしい出会いと、ときめく食前の乾杯から湧き上がる達成感と嬉しさのあまり、心の叫びが言葉として飛び出してきたのだろう。その相手がどなたかは、記憶の彼方で思い起こすことができない。

ここで肝に銘じておくべきことがある。このフレーズは同じ相手には使えないというより、使わないほうが良いことだ。だから、どなたに語りかけたか、記憶に留めておくことが大切だ。

私には、簡単に抜栓できないワインが1本ある。そのワインは、フランスのビンテージワインで、1970年の赤ワインだ。だから、すでに半世紀以上も眠っている貴重なワインになる。

このワインは、社長辞任時の慰労パーティーでプレゼントされた。1970年といえば、私が27歳で「キッチンくに」を開業した年だ。そこで粋な計らいで、この同じ年のワインをプレゼントしてくれたのだ。その心配りには感謝の気持ちを大いに持つが、このワインだけは、簡単に抜栓してしまうことを躊躇してしまう。

私は、「いきなり！ステーキ」のファウンダーとして、100号店、300号店、500号店、米国ナスダック上場という数々の記念日毎に取り引き先から Champagne を送られてきた。それも、私の名前を印刷したボトルを、桐箱に入れたものだ。当初は軽々しく飲めないというような威厳を持って存在感があった。しかし考えが変わり、我が家に人が集まるとみなさんに振る舞うようになっていた。

ただ、この1970年のビンテージワインは、開業後に得たすべての栄誉の出発点である。「この記念のワインをいつどのタイミングで開けるか」と、その瞬間に考えを巡らせている。きっとワインの味を期待するというよりも、このボトル開栓を誰と祝うかが重要な意味を持つのではないかと思えるようになっている。

その日が来るのを楽しみに待つのではなく、その日を自分で作るよう努力することが、人生をより豊かにするのだと思う。

62
我が家の文鳥のピーちゃん

文鳥のピーちゃんが、我が家にやって来たのは8年前になる。その前に住んでいた文鳥のチーちゃんの思い出の写真をスマホに保存してあるので、何気なく遡って見ていたら、ある時を境にピーちゃんが登場してきた。その日時を確認したところ、ピーちゃんが我が家の一員になった日が分かった。そして、8歳を遠に過ぎているのが確認された。その年齢は、文鳥にとって長生きをしていると思うが、確認はしていない。

ピーちゃんの毛並みは、よく見かける白でも濃い水色でもない栗色だ。ペットショップでの最初の出会いは鮮明に覚えている。

「普通ではなくて、これ変わってるよね！」で決めた。孵化後間もない赤ちゃんだったが、元気で食欲旺盛だった。

この日から数日は、餌やりがとても楽しく、親鳥になった気分でたっぷりの愛情を注いで育てた。人間の子と比較するのもおかしいが、その成長の早さは驚きの連続だった。

数日も経つと自分で餌を食べたがるようになる。決して美声とはいえない声で、餌の催促をするのが嬉しい。止まり木に移り、私の指に飛び移ってくれた時は感動した。家内と目が合い頷きながら、差し出す指に飛び移る可愛い様子を見守った。

この子が雄か雌かの疑問が湧いてきたが、確かめることはなく、数年が経った頃、ピーちゃんに異変を感じた。

62

我が家の文鳥のピーちゃん

いつもは、鳥籠のゲージを開けると元気よく飛び出てリビングを飛び回る。「ピーちゃん、ハウス、ハウス!」と言っても通じるわけもないのだが、家内と目が合い笑っちゃう瞬間である。捕まえるのが日増しに大変になっていた。

ところが、ピーちゃんの元気がなくなり、カゴを開けても出てこない日が続いた。「寿命が来たのかな」と思っていたある日のこと、家内が大きな声で自室の私を呼んだ。

「お父さん、ピーちゃんが大変なことになってるわよ!」

すぐに駆けつけたが、その間数秒しかないのに、「ピーちゃんが死んじゃったのか?」と最悪のことを思っていた当時の記憶が蘇る。

ピーちゃんは、なんと卵を産んだのだ。一番お気に入りの高い止まり木で産んだのだろう。なんと、小さな卵が真下の金網に突き刺さるように割れて、黄身が飛び出しているではないか。

ピーちゃんは生きている。妻と私の考えは同じだった。生きているピーちゃんにホッとすると同時に、「ピーちゃんは女の子だったのだ!」と驚いた。

この日を境に、以前のようなやんちゃで自分勝手なピーちゃんが戻ってきた。

元気を取り戻したピーちゃんは、おてんばな女の子？　いやもう成熟した雌であることが嬉しく思った。

私がワインを飲んでいるとグラスの縁に掴まって、首を突っ込んで、くちばしをワインに沈めて吸い込むように飲む。そして、グラスの外に首を出してブルブルとくちばしを左右に振るので、私のパジャマに赤い斑点が飛び散ってしまう。いつものピーちゃんの水の飲み方と明らかに違う。水飲みの時はひと口に含んでから頭を上にあげて飲み込む。鶏などで見たこともあると思うが、その要領だ。でも、ワインの飲み方は、くちばしをストローの様にして吸い込んでいるようだ。

ピーちゃんのワイン好きは、納得できる。その昔、野生のピーちゃんの先祖は、ブドウのような実を食べていたと思えるからだ。ビールも試しに飲ませると気に入ったようだ。ピーちゃんが酔っているのが分かる。とてもご機嫌になるからだ。

私が唇をとがらせてピーちゃんに近づけると、くちばしの先端を突っ込んで唾を呑んでくれる。一旦離したくちばしは、鼻のわきを突くのだ。これが痛くて耐えられない。これ、私のことが憎くて突いているのではないと信じている。これはピーちゃんの習性だ。くちばしのこの仕草がピーちゃんの愛情表現なのだ。

だから、なるべく痛くないようにお願いする私である。

63
幸せな人生の送り方

昨夜の講演会では、少人数のみなさまにお話をさせていただいた。2名を除いて初対面の方だった。全員が私のことを知っていたが、私がどのような仕事をしていたのか、知っていることは表面的なことだけであろうと思う。

私は、主催者の次にこの会場へ入った。その次に来られたのは、40歳代後半と思われる男性だった。ここで私のいつもの習慣が頭をもたげてきた。ついその人を見てしまうのだ。まず、私と目があっても、その笑顔が私を歓迎していないなと感じていた。だから、その場では名刺交換はしなかった。

しばらくすると、以前、ある会で名刺交換してくれた方が、満面の笑みを浮かべて挨拶をしてくれた。私はその方は初対面かと思ったが、以前にお会いしていたようなので、ほんの少し会話しただけで鮮明に思い出した。

初対面から数カ月が経っており、その方は、会社を起こして代表取締役になっていた。私もこの間、新しい名刺に変わっていたので、改めて名刺の交換をしてお互いの再会を喜び合った。その瞬間、その方の笑顔から得られる誠実さから、会社の成功の予感を感じた。

その後しばらくして、全メンバーが揃ったので講演の開始を促された。

この日のテーマは「80歳からの挑戦」としたが、「間もなく81歳になる私にみなさんがエールを送ってくださった」という、話しやすい環境のお膳立てをした。この日は着席しての講演というよりも、気楽に話しかける雰囲気を重んじることに徹した。

まず、私が現役であった時、いかに華々しい(?)活躍をしたかの話から入った。これを最初に話すことで、みなさんに私のイメージを持っていただくことを優先したのだ。

次にこの講演に先立って、Chat GPTを活用する話をした。すでにこのChat GPTをみなさんご存じだが、「このChat GPTから得られる学びの部分を役立ててお話しをしますね」と切り出した。どんな思いでこの道に入って、どのようにして数々の危機を乗り越えてきたのか、という話をたっぷり1時間15分も話すことができた。話を羅列するだけでなく、その時々の重要な判断、決断を導いたキーワードの数々も披露した。

私は終始一貫フレンドリーに、みなさまの目を見つめて、笑顔を絶やさないように心がけた。これってとても重要であろうと思う。私に好感を持っていただけると、今日の結果は成功裏に終わることができる。

特に「自経営とは自分を経営することだ」という話がとても受けた。

「決意とは自分との約束である！」

「人の見ていない時の行動がその人の価値を高める！」

この二つが、みなさんに大きな気付きを与えたようだった。

その後、テーブルには中華料理の前菜が盛られた大皿がやってきた。先ほどの最初に来られた男性の前に置かれたのだが、当然の如く、真っ先に周りの人に気遣いなしに自分の皿を山盛りにした。この瞬間の私の思いは複雑だった。「なんという礼儀知らずな人だろう」と思ってしまった。恐らく、他の常識をわきまえた方であれば、同じように思ったことだろう。

次に私の左に座った女性は、私に取り分けた皿をよこしてくれた。私は笑顔で感謝の気持ちを伝えた。その後に続く料理の数々も、自分では手を出すことなく取り寄せてくださった。

やがて、その女性と名刺交換をすると、先ほどの男性も名刺を私にくれた。その瞬間、またもや私の人を見る目が作動した。その男性の肩書は、人の上に立って指導するお仕事のようだった。

人との出会いは、わずか数秒でその人の品性、感性を捉えるといわれている。失礼ながら、この方とは深いお付き合いになることはないと思った。これって、この方にとっては、求めている結果と逆作用していることに気が付いていないようだ。

人は与えることによって自らの糧を得ている。与えるものに線引きはない。

一時が万事なのだ。感謝の気持ちの大切なことは論を待たない。素敵な人間関係を作り続ける意識を持ち続けたい。人は好きな人のために動くことをいとわない。

64 江戸時代は歩いた

私の最近は、歩くことをいとわなくなった。それもあることをきっかけで、健康でいられるという感謝の心を心底持てるようになったからだ。

そのあることとは、会社を退職してから得られた豊富な自由時間の活用法を考えるなかで思いついた。仕事をするために時間の枠の中で生きてきた長い人生を振り返る今、自由な時間をどのように過ごすか、いかに健康で過ごせるかに関心を持っている。この自由なるが故に自らを律していかないと、体力の衰えが加速度的に自分を引き摺り込んでいくことを避けねばと思う。

現役の頃は、朝は迎えの車が9時半に到着した。仕事が終われば、自宅まで届けてくれる。会社からの外出時も送迎が当たり前で、普通に考えると昔であればお殿様であり、現在であれば、大会社の社長のようでもあったのだ。その当事者だったのだが、当時は休日ともなれば、運動の蓄積に余念がなかった。とは言っても、週に2日しか時間が取れなかった。

自由な身になった当初は、タクシーに乗ることが習慣になっていた。しかし、少し経ったある日のこと、一瞬の閃きが私に貴重な想いを与えてくれたのだ。

「江戸時代は歩いて行ったに違いない！」

このような発想をポジティブシンキングというのだろうと思う。自宅の吾妻橋から錦糸町まで歩くのが当たり前になった。帰りも歩いて帰る。心の中でぶつぶつ言いながらである。

「江戸時代はこのくらいの距離は歩いたぞ！」

自宅から浅草界隈まではもっと至近距離だ。もちろん歩く。引退後、なるべく毎朝ジョグウオークをしている。これって私の造語である。３００メートルくらいジョグって、また歩くのであるが、最近では長い距離は無理して自分との戦いはしなくなってきた。あとで来る反動を避けるようになっている。

64
江戸時代は歩いた

歩くことで得られるおまけも、私のモチベーションを上げている。昔から万歩計をいくつもダメにしてきたが、現在はスマホに掲示される数値を夜の習慣である日記の脇に歩数と体重を記入するのだ。これが記録への挑戦と健康に役立っている。

もう一つの良い心がけは、今日できる仕事は、今日やってしまうのだ。必然的に銀行、郵便局、コンビニへと歩数を稼ぐことを意識して、計画的に回るコースを設定するのだ。

もっとも江戸時代であれば、これらはなかったであろうが、今以上に、自分の生きる上での生活必需品を、簡単には手に入れられなかっただろう。電話やインターネットなどない時代、大切な用事があれば歩いて行くことになる。

なんと時の流れが緩やかであったことであろうと思う昨今であるが、今を楽しんでいる私なのだ。

65

まだまだ、これからだ！

若い時から口癖のように唱えている呪文のような言葉がある。この言葉が出るのは、そのほとんどがピンチの時である。

「まだまだ、これからだ！」

自分を励ます時に使ってきた言葉だ。この呪文は、このままでは終わりたくないという自身の心の叫びなのだ。

書籍化にあたり、このエッセイを読み返している。内容に、そんなに遠い昔の話はない。主として80歳からの退職後の毎日をどのように過ごしてきたか、潤沢にある時間の過ごし方を切り取ってきた。

そして、時折出てくる昔の思い出も、その内容はポジティブ思考で書いたものばかりである。過去に起こったピンチの数々はすっかり忘れているのに、「ピンチは成功の元！」だと、ピンチの後に続く輝かしいことばかりが思い出として蓄積されていくようだ。

65

まだまだ、これからだ！

本書最後のエッセイのタイトルとして「まだまだ、これからだ！」を取り上げたのにはワケがある。

2023年11月20日、「和牛ステーキ和邦」をオープンして以降、私は今、人生で最新にして最大のピンチに直面しているからだ。そしてこのピンチが、口癖のように言い続けてきた「まだまだ、これからだ！」につながっているのだ。

開店に至るまでの綿密だった計画も、日々の店舗運営で起こる課題には、一つひとつに明確な答えがなく、まるでパズルのようだ。

「やってみて初めて分かることもある、やって見なけりゃわからない」

開店後、「こんなはずではなかった」ということが、いくつも吹き出してくる。

私は、自身の基本的な生き方として、真似するより自分で考えて作り出すことをモットーとしている。しかし、自分の考えたことと現実とのギャップ、これを解決するために考えを巡らせると、いつも頭の中で堂々巡りがはじまる。

深夜に浅い眠りから覚めると、脳が冴えて寝付けない。胸が締め付けられるように息苦しくなる。

こんな経験は初めてだ。避けて通るわけにいかないことばかりだ。数えきれない課題を紙に書いてみる。悩みの素性が明らかになると、ほんの少し楽になる。

私は今、毎日店舗に行き、朝礼を実施している。コックコートを着て、調理作業もやる。

「これでいいのか?」

自問自答し、その答えが出る。

「社員に任せ、お前が店から離れる決断ができた時、店は成長路線に乗ったといえるだろう」

店はとても大切だ。お客様に大勢おいでいただくことがとても重要なことは言うまでもない。店の経営の状況を確認しつつ、多くのお客様に均一な料理をお出しする方法を研究して、いかに圧倒的な繁盛店にするかを考える時間がとても重要なのだ。

退屈で非・エキサイティングな日々から希望への道を思い描き、自分で自分

65

まだまだ、これからだ！

を誘導し、入り口まで辿り着いた。ところが、入った瞬間から、その先が真っ暗闇だった。実に不安な局面が待っていたのだ。

「これって夢じゃないんだ、現実なんだ」と何度も思った。

しかし、夢であって欲ほしいとは思わなかった。暗闇の中で真剣に出口を探していると、一筋の明かりが見えることもある。その明かりに向かうというより、その光を手繰り寄せようとする、というほうが近いだろうか。明かりが見えたかと思うと、プツンと消えて元の暗闇になる。暗闇で、シャワーのようにたくさんの心配ごとが降ってくる。

だが、この段階では「まだまだ、これからだ！」は出てこない。ピンチには、ピンチの「底」というか「天井」というか、沸点があるようだ。暗闇でどう思考するかが、遠くの出口の明かりを発見する大きな決め手となる。

要は、心の持ちようなのだ。自分がどの地点に立っているかの見極めが大切だ。大好きな自分を、自分が出した結論によってさらに苦しめるのはやめよう。

こんな時に思い起こされるのは、母のピンチの乗り切り方だ。

「命までは持っていかれない、なるようにしかならない！」

母からそう何度も聞いて育った私は、すでに過去、この真意を理解する瞬間を体験済みだ。

そうして心を持ち直し、一生懸命に知恵を絞り出し、事態が良くなるよう、自らの思考と格闘する時、一筋の明かりが見えてくる。

ここで発する言葉が、「まだまだ、これからだ！」なのだ。

この一線を乗り越えれば、「アレがあったからこそ今がある」と、今のこの決断に感謝の念を持つ瞬間が、いずれ必ずやってくる。

「笑う角には福来る」

「枯れた植木に水を遣る人はいない」

本気になれば、できないことはない。本気でやれば、誰かが助けてくれる。

笑顔なくしょんぼりしていると、人が近寄ってこない。

いつでも人に囲まれた、楽しい人生を送ってきた私だ。

そのために、「今やらねば」の心境と、「今に見ていろ！」の心意気で、みなに喜ばれる自分で居続けたいものだ。

おわりに

このエッセイでは、主に2022年8月に株式会社ペッパーフードサービスを退職してから今年（2023年）の8月ごろまでの、自由な時間を謳歌している日々の様子を書き綴ってきたが、その後、自らの意思で、我が人生で最も困難な状況に直面している。

退職直後から、ご縁で繋がる多くの皆さんに「一瀬さん、次は何をやるのですか？」「このままでは終わらないでしょう？」などと、声をかけられてきた。

私に対する期待とも、挨拶がわりのこの励ましとも取れるこれらの言葉が、安らいでいた私の心に波風を立てる。

そして、退職後あっという間に過ぎようとしている時の流れに、だんだんと自分の中に「夢よもう一度！」という言葉がクローズアップされてくるのを感じた。同時に、退屈な日々は健康的ではないと自覚するようにもなっていく。

そうして私は、何か「これこそ使命だ」といえる仕事がしたいと思ったのだ。

使命とは、「ミッション」「大切な命を使うこと」だと解釈している。

みなさま の期待に応えるとともに、何より大切な自分自身に期待を込め、使命感を喚起して、私は再びレストラン経営を始める決意をしたのだ。

思い返せば、51歳で「ペッパーランチ」を立ち上げ、軌道に乗せ、71歳で「いきなり！ ステーキ」を開店後、一気呵成に日本展開からニューヨークへ展開した私の人生は、夢の上を行く、とてつもない正夢となっている。

自問自答するのが習慣（癖？）になっている私は現在、自問自答の結果、それであればと、81歳にして新たな挑戦を決めた。新店舗の開店である。

現役の上場企業の社長として数多くの店舗展開を果たしてきたが、81歳のこの私には、組織がない。まさに原点回帰なのだ。1店舗の店を開店にこぎ着けることが、これほど多くのエネルギーを要するとは思わなかった。だが、「乗りかかった船」どころの話ではない。新店舗の夢に向かって、後に引けない状況に置かれた。

新店舗開店という「夢でない現実」のために、次から次にやってくる決断の連続。決断のその向こうに、また壁が立ちはだかる。その延長で壁の先の未来

Epilogue
おわりに

を先読みすると、もっともっと困難な状況が見えてくる。その予測した結末を想定して、さらに苦しむ。

そうした数々の困難を経て、遂に２０２３年11月20日、「和牛ステーキ和邦」をオープンすることができたのだ。

「決意とは自分との約束である」とは私の語録の一つだが、10月に81歳を迎えた翌月、この決意は達成された。

「和邦」のメニューは、和牛ステーキの美味しさを多くの皆様に堪能していただきたいという思いを持って組み立てた。

この10年で、ステーキを気軽に食べる文化が花開いた感がある。しかし、高価な和牛は、いまだ気軽に食べられてはいない。そこで私は、高品質にこだわり、できる限り価格を下げることに挑戦。より多くの皆様に召し上がっていただけるように、お手軽価格の和牛ステーキを実現した。

さて、ここから私は、我が人生最大の未体験ゾーンに突入していく。人生とは、試練の連続だ。その試練の向こうにこそ楽しい未来が待っていると、自分に言い聞かせている毎日だ。

我が人生の真っ只中に、自ら求めて飛び込んだ状況に苦しむ私だが、親から受け継いだ持ち前のポジティブ思考に拍車をかけて、この窮地を乗り越える覚悟はできている。


読者のみなさま、最後までお読みいただき、ありがとうございます。深くお礼申し上げます。

最後になりますが、私を産んでくれ、このように育ててくれた母に、そして顔を覚えていない父に感謝します。

「和邦」オープンにあたり、私のもとに馳せ参じて来てくれた社員のみなさんを幸せにしたいと思います。

そして出版を勧めてくださった英智舎の上村社長、ありがとうございます。自身のこの出版を果たして、「未来に限界はない」と思えるようになりました。

2023年12月

一瀬邦夫

■プロフィール

一瀬邦夫 KUNIO ICHINOSE

1942年生まれ。51歳で「ペッパーランチ」のフランチャイズを展開。71歳で「いきなり！ステーキ」のファウンダーとなり、48都道府県に総計503店舗出店し、東証二部・一部上場を達成。2022 年８月、代表取締役社長を辞任。81歳で和牛ステーキ専門店「和邦」の創業を果たす。

■一瀬邦夫ヒストリー

1942年　静岡市生まれ。東京の下町で、母一人子一人の家庭で育つ。

1960年　高校卒業と同時に浅草の洋食店「キッチンナポリ」、上野の「聚楽台」にて、コックの修業を積む。

1961年　９年間、さらなる修行の場を求め「山王ホテル」で調理場に勤務。

1970年　27歳、東京・向島に洋食レストラン「キッチンくに」を独立開業。

1979年　向島に自宅兼店舗の４階建てビルを建てる。１、２階を店舗とし、屋号を「ステーキくに」と改める。

1985年　「有限会社くに」を設立、直営店４店舗を展開。

1994年　51歳、低価格ステーキ店「ペッパーランチ」のフランチャイズ展開を開始。

1995年　社名を「株式会社ペッパーフードサービス」に改称。大規模なフランチャイズ展開を経て急成長する。

2006年　当時史上最年長の64歳、東証マザーズ上場。

2013年　71歳、「いきなり！ステーキ」のファウンダーとなり、48都道府県に総計503店舗出店。

2017年　75歳、５月に東証二部、８月に東証一部上場を達成。

2018年　ニューヨークのイーストビレッジに出店。76歳、日本の外食産業で初となる米国のナスダック市場へ上場。

2022年　代表取締役社長ならびに取締役を辞任。

2023年　81歳、和牛ステーキ「和邦」開業。

本文デザイン・DTP　荒木香樹
校　正　高木信子
装　幀　和田新作

一瀬邦夫　81歳の男の子！

2024年3月15日　第1刷発行

著　者　一瀬邦夫
発行人　上村雅代
発行所　株式会社英智舎
〒160-0022
東京都新宿区新宿2丁目12番13号2階
電話　03（6303）1641　FAX　03（6303）1643
ホームページ　https://eichisha.co.jp
発売元　星雲社（共同出版社・流通責任出版社）
印刷・製本　株式会社シナノパブリッシングプレス

在庫、落丁・乱丁については下記までご連絡ください。
03（6303）1641（英智舎代表）

ISBN　978-4-434-33550-1　C0095　130 × 188